身体《からだ》を売ったらサヨウナラ
夜のオネエサンの愛と幸福論

鈴木涼美

幻冬舎文庫

身体《からだ》を売ったらサヨウナラ　夜のオネエサンの愛と幸福論

0　誰と食べてもサルヴァトーレは美味しいのに

広いお家に広いお庭、愛情と栄養満点のご飯、愛に疑問を抱《いだ》かせない家族、静かな午後、夕食後の文化的な会話、リビングにならぶ画集と百科事典、素敵で成功した大人たちとの交流、唇を噛《か》まずに済む経済的余裕、日舞と乗馬とそこそこのピアノ、学校の授業に不自由しない脳みそ、ぬいぐるみにシルバニアのお家にバービー人形、毎シーズンの海外旅行、世界各国の絵本に質のいい音楽、バレエに芝居にオペラ鑑賞、最新の家電に女らしい肉体、私立の小学校の制服、帰国子女アイデンティティ、特殊なコンプレックスなしでいきられるカオ。そんなのは全部、生まれて3秒でもう持っていた。

シャンパンにシャネルに洒落《しゃれ》たレストラン、くいこみ気味の下着とそれに興奮するオトコ、慶應ブランドに東大ブランドに大企業ブランド、ギャル雑誌の街角スナップ、キャバクラのナンバーワン、カルティエのネックレスとエルメスの時計、小脇に抱えるボードリヤール、別れるのが面倒なほど惚《ほ》れてくれる彼氏、やる気のない昼に会える女友達、クラブのインビテーション・カード、好きなことができる週末、Fカップの胸、誰にも干渉されないマンションの一室、一晩30万円分のお酒が飲める体質、文句なしの年収のオトコとの合コン・デート・プーケット旅行、高い服を着る自由と着ない自由。それも全部、20代までには手に入れた。

これで満足できなかったらワタシはビョーキだ。そりゃハーバードとか出てないけど、周囲をはらうほどの美人ではないけど、結婚とかできないかもしれないけど、25歳過ぎてから7キロ太ったけど、親も大金持ちじゃないけど、それでも十分に満たされている。

でも、全然満たされていない。ワタシはこんなところで終われないの。1億円のダイヤとか持っていないし、マリリン・モンローとか綾瀬はるかより全然ブスだし、素因数分解とかぶっちゃけよくわかんないし、二重あごで足は太いしむだ毛も生えてくる。

ワタシたちは、思想だけで熱くなれるほど古くも、合理性だけで安らげるほど新しくもない。狂っていることがファッションになるような世代にも、社会貢献がステータスになるような世代にも生まれおちなかった。それなりに冷めてそれなりにロマンチックで、意味も欲しいけど無意味も欲しかった。カンバセーション自体を目的化する親たちの話を聞き流し、何でも相対化したがる妹たちに頭を抱える。

何がワタシたちを救ってくれるんだろう、と時々思う。

シャネルの黒のマトラッセはこれ以上ないほど美しくて、リッツのスパはこれ以上ないほど眺めが良くて、歌舞伎町周辺には何千人のオトコがいて、靴は９センチヒールが何物にも代えがたく良いのだし、ユニクロのグレーのパーカ[1]はどんなものより使えるのだし、家は港区の賃貸マンションが申し分なくて、東京の道にはタクシーが両手を広げて待っていて、コンビニのボールペンもストッキングも質が良くて、誰と食べても美味《おい》しいサルヴァトーレのピザは店内でも宅配でも頼めるし、どれも１００万円あれば易々《やすやす》と手に入る。そういった意味でワタシは、お金で買える幸せを信じてる。

高校時代の親友と朝まで一緒にいられる日は別にシダックスでもパセラでも、なんなら歌広場でも同じくらい楽しいし、好きな人にもらうんだったら４℃[2]のアクセサリーとかでも嬉しいし、ママもパパも大事だし、お金で買えない幸せも、本気であるとわかってる。シャネルに囲まれて独りぼっちで夜を過ごすのは嫌だし、だけどどんなに働いてもシャネル1つ買えないのはもっと嫌だし、高い服を着たいし高い商品でありたいし、愛してくれないと嫌で、愛してくれるだけじゃ嫌なのだ。

ワタシは、そんな複雑なようで単純な、手に入らなさそうで意外に容易《たやす》い夢は、夜開けばいいと信じてた。だってつまらない英文をつまらない教師がつまらない生徒に訳させるだけの授業も、夜にパラパラのお立ち台でルミカ[3]をかざせば、それなりにやりすごせたし、くだらない受験ノウハウをくだらない高校生に教えるだけの水曜日のバイトも、木曜の夜にドレスを着て髪を盛ってグラムいくらで量り売りされれば、それなりに楽しめた。くだらない会社のくだらない女子会も、夜が更けてくれれば盛り上がる。昼間は間の抜けたオトコも、ヘアメイクして店に立てば愛せる。

ワタシは何の飛躍も思い切りも、もちろん深い葛藤《かっとう》もなく、高校の制服を脱ぎ捨てた後、気づけば夜のオネエサンになっていた。想像通り、そこには夜に開く夢が広がっていて、少なくともこれ以上ない程楽しいと思える瞬間はいくらでもあった。

ワタシたちには、こんなに楽しいなら愛なんかいらないし、昼なんかいらないし、幸せになる必要なんてそもそもないんじゃないか、と思えることこそ意味があった。何より、日が昇ってるほんの短い時間なんかじゃ、ワタシたちの存在は抱えきれるわけないのだ。夜はワタシたちにとって、昼なんかよりずっと明るくてずっと鮮明だった。

でも、うちの母は見透かしたようにこう言い続けてきた。

「あなたは結局、日の当たる場所は絶対に捨てきれない」

彼女の予言通り、ワタシは結局夜と昼の間で引き裂かれながら、バカにされるのも嫌、嫌われるのも嫌、と両面価値に惑わされて困り続ける。うちの母はお酒の匂いの中で育った夜の匂いを身体《からだ》から削《そ》ぎ落とすように、ローラ・アシュレイに身を包み、紅茶を飲んで絵本を読む。勇んでワタシが入り込んできた世界を最初から手に持っていて、そこにそれなりの自負を持ちながらも、昼の明るさに執着する。彼女もまた、昼と夜とに引き裂かれているに決まってる。

そもそもワタシのような若輩者が容易に想像するような、「愛し愛され」の「愛」はどうしても必要なのだろうか、とも思う。愛し愛され幸福になる必要なんてあるのだろうか。愛はなくとも刺激があって、好きはあって、楽しいも存在する。そういう1日をやり過ごして、またそれを繰り返していくことで、人生をまっとうすることは許されないのだろうか。構築はなくとも勝手に時間は過ぎていく。愛はなくとも恋は通り過ぎる。

ワタシは正直、自分の恋愛感情に疑いはない。自分が誰を好きか、なんてことを迷ったことはないし、好きな人といる時間は100倍速で流れて、離れて数分でまたどうしても会いたくなって、恋とはそういう事態であったし、今もそうなのだ。だけど、その感情が何度満たされても、その先に特に何もないような気もしている。パラパラでキャバクラでカラオケな毎日は死ぬほど好きで、これ以上ないほど楽しくても、抜けだしてしまえば何ということのない、また昼間の日常が立ち現れる。彼氏のことも死ぬほど好きで、でも抜けだしてしまえばまた、何もない。

だけれども、それではいけないと信じこませる圧力は当然半端じゃない。セックスを神聖視していないというだけで本当の愛を知らないというレッテルを貼られちゃうような卑屈な世の中で、お酒の席で、笑顔と胸の谷間の代償にオカネをもらえばつまらない女だと片付けられる世界で、ワタシたちは証明できない愛情を信じて、盲目的に１人を愛し、幸せになるように教えられてきた。

夜のオネエサンとして毎日をやり過ごしている時には、そんなことはできるはずがないと固く信じていた。１人を愛し、１人に愛されて「幸せ」になることで、何かしらを手放し失うと信じていた。だから、そもそも愛し愛される幸福それ自体が、論理矛盾を孕《はら》んでいるとしか思えなかった。

人が愛を神格化するのって、なんかオカネをかけずに悦に入れるというか、安く興奮できるからなんじゃないか、とも思った。だって、たしかに彼女にヌイてもらったほうが、キャバ嬢くどいて持ち帰るより、高級ソープにいくより、何ならＡＶ借りて１人でヌクより安上がりなわけだし、２人で食べればコンビニの焼きおにぎりでも美味しいね、と思えるほど舞い上がっていれば、飯倉の野田岩とかを予約する必要もない。当然、「あなたとなら部屋でずっと話していられる」から、クラブに着ていく服すらいらなくて、香水はプチサンボン[4]あたりで十分だ。

人は愛周辺にオカネがからむと何かと人を批判したがるから。セックスは神聖化するくせに、オカネもらってすると怒られるし、ホストクラブで何十万もかけて恋愛ごっこをするとほとんど廃人扱いされるし、オカネのためにスキとか言うと、信じられないと言わんばかりのすごい目で睨《にら》まれる。でも本当は愛なんて、オカネをかければより煌《きら》めくのに。

経験的な叡智《えいち》と、教えられた規範の、相性が悪くて、女の子のくだらなさが荒唐無稽過ぎて困る。抵抗したくなる価値と、信じられないけど信じたい価値ばかり、身の回りに増えてしまって、本当に困る。

1—いつ行っても同じものが陳列されていると思うかもしれないが、実は素材が微妙に違って、私は3枚を使い分けている。

2—どこのファッションスポットでも見るから、おそらく人気のジュエリーブランド。しかしどことなく大学1年生の彼氏がバイトして買ってくれる、みたいな印象が漂う。

3—ルミカライト。ドン・キホーテなどで買える、開封して1日間だけ光る棒状のもの。ピンクや黄色などがある。2000年前後、私たち女子高生がいくクラブイベントでは、ソーレソレソレといった掛け声とユーロビートやトランスに合わせて、お立ち台でルミカをしゃくり、さらに首からいくつものルミカを下げて参加するのがお約束だった。

4—GIVENCHY のオーデトワレ。中学生の初めて買う香水と言えば、90年代はこれだったのだけど、うちの場合はこれを母親がトイレの消臭用に置いていたので、私はトイレの匂いとしか認識できない。

身体《からだ》を売ったらサヨウナラ　目次

第3幕 夜が明けたら 103

※登場人物の年齢等は執筆当時のものです。

第1幕

愛か刺激か両方か

I

愛より刺激が欲しいんだし　でも愛情も欲しいんだし

1月、まるっきり覚えていないけれど、私のいた大学で講師をしているという男から急に連絡がきて、「どうしても相談したいんだ」的な思いつめた内容だったので、年に数回だけ湧く善意が湧いてきて、かといって私もそこそこ忙しいので、というかそもそもものすごく面倒くさがりなので、「歩いて行けて美味しいものが食べられるところなら出かけて行ってもいいかもしれない」と、上からマリコな返事をして、六本木の駅から徒歩5分くらいの場所にあるオサレイタリアン「トラットリア・イル・フィーゴ・インゴルド」[5]に呼び出し（勿論奢《おご》られる想定）、話を聞いた。彼の話をものすごく噛み砕いて若干のまあまあ好意的な解釈を加え、さらに酢漬けにして1週間くらい放置すると、要はこういうことだった（だって2時間も話し続けていたんだもの）。

今の彼女とは付き合って1年。半年くらいたった頃から、なんとなく彼女が口ごもるような、言いにくいことがあるような、どうしたの？　と聞かれたそうな顔をするようになった。彼女がしゃべりやすい雰囲気を心がけ、緊張感をほぐして、ん？　どうした的[6]な気軽な発言を頻発し、前歯に青のりついていようとカレーの匂いが漂っていようと俺は君が好きだぜベイベー的な振る舞いを心がけていたところ、ある日セックス後のベッドで彼女が口を開いた。その内容とは、「私、ずっとOLだって言ってたけど、今は会社の派遣もやってるんだけど、実は昔ちょっとだけキャバみたいなとこで働いていてね」というなんとも面白みのない、アルアルな話ではあったのだけど、その「キャバみたいなとこ」というのがミソで、言ってしまえばソフトな風俗経験者だったという。

で、まあ彼も大人なので、そこまではいいのだけど、それからというもの、何かある度に彼女は、「どうせ風俗嬢だって思ってるから別れたいんでしょ」と自虐モードたっぷりの極めて面倒くさいからみをしてくるようになって、なんなら彼が煮物を残しただとか、車がガス欠になっただとか、そんな時に常に、「私が汚いから」「私のこと軽蔑してるから」と、その「ネタ」を持ち出してはぐだぐだとからんでくる。別に水商売がどうの風俗がどうのといちゃもんつけるつもりはないが、そんなからみには心底うんざりしてきた。もうほんと疲れた。もうやだ。別れよっかな。でも好きだし。でもほんとうんざり。でも。

と、彼女の風俗からみと同じくらい面倒くさい口調で続けられたので、途中何度か省エネモードになりながらも、私は彼の話を一応最後まで聞いた。イタリアン自分で払いたくなかったし。ただ、彼のくだらない話の最終章は（大体話のつまんない人は、重要なことは最後に言うから）、ほうほうなるほどな、と食後のコーヒーを一度テーブルに置いてうなずくくらいのリアクションをとるべきものだった。

つまり彼は、こんな話が3回連続だというのだ。こんな話というのは、下品なねーちゃんとオサレイタリアン食べて話流されて会計させられる、というところじゃなくて、付き合ってる女の子にそういう夜のお仕事的な暴露をされるとか、付き合ってる女がAV出るとか、OLと思って付き合ったらホステスだったとか、そういう話の方だが、細かいのを入れればもう10年前から付き合う女付き合う女そんな感じなんだって。どうせ盛って話してるけど。

で、相談ていうから、ほら、社会学者としてうちの大学で講義してよ、とか一緒にアーキテクチャと現代東京についての本でも出しませんかとか、ちょっとそういう話かしら、私も偉くなったものだわ、と思ってた私も私ですが、その話を聞いて何が相談なの、どこに答える要素があるの、そもそもその髪型はどうなの（いまどきロン毛の大学講師とかださいし）、とか思ってデザート（コースについてたしょぼいやつじゃなくてわざわざ頼んだすごいやつ）をつついていたわけですが、3％くらいは理解するところもあったわけです。

　彼のような男を私は知っている。なんか知らないけど女の口から余計な話を引き出しちゃうヤツ。そして彼らは思う。ああ、きっと俺って優しいし、ちょっと変わってるし、きっとそういう複雑な娘《こ》を引き寄せてしまうんだろう。ふっ。でもそんな話、しないでいいのに。俺はそんな複雑なお前を離したりしないぜ。ふっ。彼らの特徴はわかりやすく、「俺、『CanCam』とか読んでる普通の女の子よりはちょっと複雑な娘が好きなんだよね、ほらセンスあるからさ」という顔をしている。で、女なら誰でも1つや2つ持ってるちょっと普通じゃない女の子としての「ネタ」を引き出し、勝手に自分が選ぶ女は複雑な娘なんだ、やっぱりセンスあるし、とひとりごちて、全くほとんど交流のない女にイタリアンを奢りながら武勇伝のごとく愚痴を言う。

そんなセンス男の特徴なんてどうでもいいのだが、別にセンスとか関係ない男女からすれば、なんでそんな暴露するのさ、という気持ちになるのは当然だ。言わなきゃわかんないじゃん。世の中に何人夜のオネエサンがいると思っているのだ（そのあたりは飯田泰之&荻上チキ『夜の経済学』でも読んでください。私にはそんなもん数える能力も労力もやる気もねえ）。

当然、夜のオネエサンの半分は、そんな暴露しないでよろしくやるのだ。家事手伝いですとか、生け花の講師です、とかぬかして。で、残りの半分の半分は、そもそもそんな暴露しないですむ相手と結婚していった。お客さんとか、業界関係者とか。でも、残ったその25%のオネエサンたちは、余計な話を本郷あたりのめんどくさい男にしては悩まれ、しなくていい話を兜町《かぶとちょう》あたりの変な男にしては殴られ、どうでもいい過去の話を汐留あたりのつまらない男にしては婚約破棄され、しないほうがいい話を歌舞伎町あたりのわかりやすい男にしてはカモられ、それでも逞《たくま》しく、東京に居座っている。それは残念なことである。だって女の子は苦労なんてしないで泣きもしないで、男に厳しく自分に甘く、すこぉしながぁく愛してくれる相手と、命短し恋せよ乙女なんですから。それは頼もしいことでもある。だって、一生は一度で、女の子は凡庸な女の子でありたくない。

私はその、4分の1の純情な感情を支持し続ける。だって私もそうなんだもの。嫌われるよりつまんないと思われるのが怖いんだし、愛より刺激が欲しいんだし、でも愛情も欲しいんだし、普通に好きな人に肩とか触られてキュン死したいのだし、でもどうにもお台場デートとかで満足できないんだし、けどやっぱり大きな窓の小さなおうちで子犬を飼ってそして私はレースを編むのよ横にはあなた的な幸せもたまには味わいたいんだし。

私たちはセンスある男が思っているより、センスない男が思っているより、もっとずっとアンビバレントなのだ。そうやって、殺伐とした街でよくわからない方向に突き進む私たちが欲しているのは、なんだかとってもキラキラした気分になれる瞬間で、それが見つけられるのは渋谷だけではないし、歌舞伎町だけではないし、六本木だけではない、のは確かだ。私はそんな楽しく逞しいオネエサンたちと私自身について、この先ずっとグツグツ考え詰める。それは女についての話であって、愛についての話であって、幸福についての話であり続ける。私は100%満足してこれ以上ないほど幸せになりたいし、そういった物語の集積の先、この街のどこかに、そういう瞬間って眠ってるんじゃないのかとたくらんでいる。
ちなみにトラットリアなんとかのランチは、その数日後にロン毛講師と焼き肉食べに行って、なぜだかタクシー乗り場でキスされて、付き合おう！　とか言われるオチ（ケチ）がついて終わりました。センスとかいらないし、ロン毛もいらないし。

5―覚えにくい長い名前な上、六本木駅からはだいぶ歩くけど、ランチのコストパフォーマンスと、店員さんの感じの良さは、エリアでピカイチ。
6―ブリーフ&トランクス『青のり』を昔、ちょっと好きだった男子がカラオケで歌っていたのだけれど、そいつは私の前歯に青のりでもついていようものなら、二度と電話に出てくれなさそうな男だった。

2　身体を売ったらサヨウナラ

皆の衆が、女性器アーティストが逮捕されただとか誰かが誰かに都議会で結婚を勧められただとかいうことに夢中になっている折、私は地味に京都の風俗案内所裁判の控訴審に熱い視線を送っていた、というわけでも別になく、包帯を巻いた脚で着こなせるセクシー路線の服はどんなや？（実は足をちょっと骨折していたの。詳しくはまたのちほど）ということの方に余程興味を持っていた。だって逮捕なんていうスキャンダラスな事件は魅力的な女性にはいずれプラスにはたらくのであろうし、結婚しろって言われて傷つくくらいならとっとと結婚したらいいし、風俗案内所はあったほうが便利だけど規制されたらされたでなんかまた新しい手立てが登場するに違いない。

セックス関係の判決や規制がネットニュースに流れる度に、解放運動系の方々が熱弁を振るうのは日本国民としてはまあまあ心強いのだけど、そういうものって禁止されれば禁止されるほど燃え（萌え）るのもこれまた人間の性《さが》。そりゃ風俗嬢ちゃんたちの労働者としての権利が守られれば万歳三唱ですが、だからといって学校のセンセが、キャバクラに入店する時は必ず保証期間の確認をしましょうね、とか、デリヘルの待機場所でトイレに行く時には貴重品を肌身離さず持って行きなさい、とか、生理中のＡＶ撮影の前に海綿をつめてもらう場合には男優さんがきちんと殺菌作用のある石鹸で手を洗ったか確認しましょう、とか言い出したら何か嫌だし、勿論TVのスポットCMで「ホストの売り掛けは計画的に♥」とかやってたらドン引きするんであって、規律は規律として存在しててくれないと、やはりちょっと居心地が悪い（関係ないけどそういえば『都立水商！』〈室積光・原作／猪熊しのぶ・作画〉って漫画あったな。あれの「手こすり千回！」って言いながらコケシを一斉にしごく朝礼の描写、冴えてたわ）。

で、だから解放運動に加わる気はないんだけど、かといって勿論昔ながらのけしからん的な議論をしたり顔でしてるオヤジとか、面倒くさいものをわざわざ禁止して余計面倒くさい事態を呼び起こすバッジの方々とか、信じられないザマスと言わんばかりの目を向けてくる婆とか、勿論殺意しか湧かないのも事実だ。それは別に、私たちが正しいことしてるからじゃない。悪いことしてないわけでもない。私たちはとっくに、そして十分、罰せられてるからだ。

慶應の3年だった頃、木曜日の夕方にあったゼミの後、同じ研究室略してオナ室の文化系男子に湘南台のドトールに呼び出された。呼び出しておきながらそいつはなかなか話し出さなくて、私が4本目くらいのタバコに火をつけたあたりで、「Sさんって知ってる？」と、同い年の女性の名前を出してきた。一応知らないふりはしてあげたけれども、その男子がＳさんという女子と男女の仲であったことくらいは、いくら大学の友達が少ない私でも知っていた。

男子とＳさんは、付き合ってもうすぐ1年で、最近藤沢で一緒に暮らし始めたという。藤沢というのがなんともＳＦＣ（慶應義塾大学湘南藤沢キャンパス）っぽくてしょっぱいのだけれど、Ｓさんは高校3年の頃、両親と仲違《なかたが》いをして実家を飛び出していたらしく、それ以来友人宅や先輩宅を渡り歩いてきて、だから安心して暮らせる部屋があるということは、彼女にとっては他の娘にとってよりもさらに重要なことだったらしい。彼女に安心して暮らせる部屋を用意して、若い男子なりの満足感で溢《あふ》れていたその男子に、まさか恋の悩みという名のうぬぼれを話してくるんじゃねえだろうな、そうだったら迷わずお前を刺す、いや刺さないかもしれないけど少なくともあとコーヒー2杯は奢ってもらう、と私が中指立てて構えていると、彼の相談というのは、彼女から「ひと月前に、ＡＶの撮影をした。これからあと2本、出演が決まってる」との告白を受けたんだけどどうしよう、という「そんなこと私に聞かれても」感が半端ないものだった。大学生アルアル第69条、彼女がＡＶに出たの巻。「だってＳさんわかるでしょ？　鈴木さんみたいなタイプと全然違うじゃん。いや俺信じたくなくて」と無自覚に失敬な言葉を畳み掛けてくる彼に私は、いやいや私はともかくＡＶ女優ってだいたい清純派じゃないか、少なくとも見た目の雰囲気は、と声に出さずにつっこみを入れながら、少なくとも親身に見える程度には真剣に話を聞いた。しかし彼はなんだか自虐話をする時のように半笑いでずっとしゃべっていて、ああなんかお前もそのへんの文化系男子だな、俺の人生こんなにすごい、と思っていないとやり過ごせないタイプか、と、私はすかして聞いていた。

しかし私が、「なんていう名前で出てるのかな？　見た？」とつい聞いたら、彼は「彼女は嫌がったけど、無理やり聞き出して、うん、見たよ」と言った後、「ちょっと待って」と言ってトイレに駆け込んでしまった。その時の彼の顔は、文化系男子の自虐ナルシズムという私の嘲笑を激しくつっぱねるものだった。

そんなに嫌か。私たちの身体が、具体的な札束で取引されるのは。ゲロ吐くほど嫌か。

彼がトイレに行っている間、シニカルな私もなんとなく言葉を失ってしまって、なんかごめんね、という気分になっていた。席に戻ってきた彼は半笑いの顔を取り戻していて、それは再び私の冷笑を誘うものだったけど、数分前に見た彼の拒絶反応を私は、その後何年も何年も、今でも何かある度に思い出す。

当時21歳くらいだった私は、悪いことも恥ずかしいこともしていたけど、そしてきっといつかツケがまわってくる、くらいには思ってたけど、その罰ってもっと単純なものだと思っていた。先生に怒られる、学校を退学になる、そんなことは大して怖いと思っていなかった。あとは例えば、簡単に稼いだオカネは簡単になくなっちゃう、とか、調子に乗ったところで悪い男に騙《だま》される、とか、そういう因果応報的な罰なら、いくらでもどんと来い、くらいに思っていた。

しかし私たちを罰するのはいつだって、都議会でも学校でも会社でもなく、私たちにとって捨てがたい大好きな何かだったりする。恋人だったり、家族だったり、恩師だったり。特に自分のオンナがあからさまに女を売っているのに気づいた時のオトコの反応って、なかなかすごい。嫌悪と批判、怒りと自責、悲しみと興奮、存在と時間、構造と力、恋しさとせつなさと心強さと。ふざけているわけではない。言いがたき強い複数の感情を、彼らは抱えきれなくなっていろいろな行動を起こす。ゲロ吐いたり別れたり束縛したり殴ったり付け回したり。私は夜界隈《かいわい》のオンナの子の彼氏たちの、或《ある》いは自分の彼氏の、そんな姿を何回も見た。フェイスブックで自分の出演するＡＶを友達にばらまかれた子、キャバクラの前で包丁を持った彼氏に遭遇した子、自分の勤めていた風俗店が入るビルの前の道路で彼氏に自殺未遂された子。

私たちは１００万ドルの価値がある身体を、資本主義的目的遂行のためにいつでも市場にさらすことができた。それはオカネだけじゃなく、他のものじゃ代えのきかない時間を私たちに与えてくれた。キャバクラのアフターでテキーラ15杯、とか、ＡＶ撮影現場で腹筋大会、とか、シャネル持って集合、カルティエ持って解散、とか。でも私たちは、結構罰せられて生きてきて、それは当然、都議会や学校や会社に罰せられることの数億倍痛い。どんなに偉いオヤジが、「魂に悪い」と言っても私たちはキズつかないけど、好きな人がゲロまみれになっている光景には、それなりにひるむ。

問題は、そこで得られるオカネや悦楽が、魂を汚すに値すると思えるかどうかであって、いいか悪いかではない。好きな人にゲロ吐かせてまで手に入れたいものだって、私たちにはあると思う。言い換えれば、少なくともそれに値すると思えないんであれば、そんなはした金、受け取らないほうがいい。

7ー入店後、売り上げやノルマに拘《かか》わらず、一定の時給が保証される期間のこと。大抵、1〜2ヶ月。特にその土地で初めて水商売をする際には、最初はお客さんを呼んで売り上げをあげることができないため、お給料があまり少なくならないように配慮してもらえる。固定のお客様を摑《つか》むための猶予期間と言える。

3 彼氏は嘘を愛しすぎてる

彼はギリシャ系フランス人の父親と、日系カナダ人の母親の間に生まれ、5歳までフランスで育ち、その後、貿易会社を営む父親の仕事の関係で日本に移住した。4歳年上の姉はフランスで内科医をしており、6つ年下の弟は全寮制の高校に通っていた。彼は、ピアノの先生に、「絶対に転ぶな、転んだら日本の宝の喪失だ」と言われるほど音楽の才能があったが、空手の腕前もなかなかで、高校時代は日本代表として各国の試合に出場。音大に進もうか迷っている時に数学の面白さに目覚め、生まれて初めめて教科書を開いたところ、代ゼミの講師が「俺に教えられることはもうない」とお手上げ状態になるほど優秀で、中学からの勉強を2ヶ月で覚えて横浜国立大学に入学した。横国時代は、あまりに授業がつまらないのでほとんど学校には行かなかったが、当時の準ミス横国で『CanCam』モデルだったアイちゃん（仮名）に告白されて付き合った。しかし、IQテストで異常な数値を叩き出したことで、トロント大学からぜひわが校に来てくれ、とのオファーをもらい、横国を半年で辞めてトロント大に再入学。そこでは工学部で新たな発電方法を考案、今、カナダ政府のエネルギー政策の大きな柱の1つとして注目されている。トロント大学は知的好奇心を満足させる場所であったものの、やはり少し飽きてしまい、退学してニューヨークへ。画期的な圧縮ソフトで特許を取得し、彼が立ち上げたベンチャー企業は年商4億円を超えた。ラスベガスで知り合ったニューヨーク・タイムズの記者・ティファニーさんと入籍するが、クラブでマリファナを吸って暴れたことが原因で離婚。慰謝料として9000万円とられる。彼女を失った喪失感で会社をすべて後輩に譲り、日本へ帰国。無気力になって適当に受けた千葉大学に、在籍中。

　私が彼と出会ったのは、東日本大震災の直前、私が勤めていた会社の入っていたビルで彼が学生バイトとして働いていた時だった。ギリシャと言われればふうん、と思う程度に外国人顔で、背は低めだけれどイケメンだった。かといって私クラスの女が会社の学生バイトなんかに興味があるはずもないのだが、喫煙所で会う度に、今度ご飯いきましょうよ、と謙虚に誘ってくるのが可愛らしくて、なんとなくご飯にいって、なんとなく家に来るようになって、なんとなく付き合うことになっていた。当時の私はというと、数年前のゴミみたいだけど華やかな夜のオネエサンとしての生活からは程遠い、ちょっとくたびれた昼のオネエサンに成り下がっていて、せいぜいたまにバカな格好をしてクラブに行くくらいが楽しみの、なんか人生あがった感じが漂うつまらない女だった。で、あんまり考えたこともなかったけど、年下男くんの面倒とかみるのも楽しいかも、という程度の気持ちだった。イケメンは部屋に置いておいてもそんなにイライラしないし、そういえば『きみはペット』の主人公の女も新聞記者だったし。

　彼は最初は普通の千葉大生の顔をしていたが、私と付き合って私の部屋に居着き、私の過去や現在を知るにつれ、冒頭のような自分の話をするようになった。それだけでなく、バイク事故にあって今入院してる、だとか、フランスに行ったら親戚が無理やりパリ大の試験を受けさせてきて、特待生として合格してしまったが、涼美ちゃんと離れるのは嫌だから逃げてきた、だとか、学校の授業でバングラデシュが出てきて興味が出たから午後からバングラに来てみたよ、だとか、とにかく飽きさせない話題を提供してくれた。

私が出張や旅行に行くと必ず、元カノが泣きながら会いに来た、というかわいいものから、胃潰瘍になって入院している、というちょっと心配なものから、あなたへの愛が冷めたので出ていきます、という失礼なものまで、ジャンルを問わずに事件がおこった。一緒にいる時でも、突然別れ話を始め、突然病気で倒れもした。不意に訪れるそのタイミングに、例えば私のフェイスブックに男の知り合いが「いいね！」を押しただとか、私の会話の端々に気に入らない名前を見つけただとか、私の部屋から元カレのプリクラが発掘されただとか、それなりの引き金があることに気づいたのも、付き合って3ヶ月以上たってからだった。

彼のツイッターを手始めに、私は少しだけずるい手段を使って、彼のことを調べだした。ツイッターの投稿はちなみに、「麻布のマンションももう飽きたから売ろうかな。彼女が泊まりに来た時に置いてったものが写ってるけど失礼！」（添付写真は明らかに私の部屋。家賃払ってんの私だし、そもそもおもいっきり賃貸だし、なんなら敷礼はうちの親が出したし）とか、「ロレックスの時計、デザインが気に入らないから誰かにあげるよ」（添付写真は明らかに、我が家にたまたまあった私の元カレの忘れ物。来週あたり質にいれようと思ってたのよ、私）とか、そんなものばかりだった。

私は気づいた時には彼の言葉を、これは嘘、これは本当、と仕分けるのが得意になってしまった。彼は病的に嘘をついて、あらゆる人物になりすました。

それなりに真面目な性格の私は、当然彼の嘘の理由を探した。若い時だって、沢山の男に嘘つかれてきたんですから！「浮気？　まさか、するわけないじゃん！」とか。「他の娘は全部ただの客だよ、涼美ちゃんだけだよ、彼女は」とか。「結婚してるけど、奥さんとはもう終わる。だからこの車もあの別荘も涼美ちゃんと僕のものになるんだよ」とか。今から考えれば、あるものをないと言い、ない愛をあると言う嘘なんて、わかりやすすぎて少しなら愛せる。それにお金や結婚や浮気や、私が知りたくない真実があるならば、嘘がそこに存在する意義がある。

しかし、あらゆる手段を使い、普段活用しない脳みそとネットワークをここぞとばかりに投入したところで、私にとっての不都合な真実だけが見つからなかった。確かに彼の姉は医者ではなく、弟は普通に自宅から高校に通っていたが、その答えに対して「だから何？」以外のリアクションは思いつかない。私は毎日イライラしながら、彼の嘘を1つずつ潰《つぶ》した。でも彼はそんな時でも新しい嘘を用意して、けっしてひるまなかった（例えば、パスポートのページをくまなくチェックして、バングラデシュに行ってないじゃない、と問い詰めれば、俺二重国籍だからパスポート2つもってるんだ、とかね）。

冒頭の彼のストーリーを披露すると、必ず女子会で笑いがとれるし、肌が綺麗で清潔だったし、そもそもイケメンだったし、別に私は彼の存在に今でも文句はない。あと、そんなの、ただのコンプレックスの塊《かたまり》じゃん、という女友達たちの意見にも別に異存はない。でもなんとなく、彼がコンプレックス解消のためだけに、嘘を愛していたと片付けてしまうのももったいない。

当時私は、男に意味のわからない嘘をつかせる何かを持っていたに違いない。勿論、学歴も収入も経験値も、どれをとっても私のスペックは彼より高くて、彼のコンプレックスをいい感じに刺激していたのはそりゃそうだけど、でも、そんなこと言い出したら、例えば東大法学部を卒業してハーバードのロースクールを出て、国際弁護士で超美人（こんな人いると信じたくないが）、とか、ケンブリッジとMITの両方で学位を持ってて、グーグルの役員で超巨乳（存在したら、私、超嫌い）、とか、要するに私の1800倍くらいスペックが高い女はいるんだし、彼女たちがカレシに意味のわからない嘘をつかれているとも思えない。そんなことよりも、私の額には文字が書いてあったに違いない。「退屈なものは愛せない」とでも書いてあったんだろうか。或いは「誰か私をつまらなくない場所へ連れだして」とか？

だから私は思うのです。つまらない世界に存在しなきゃいけない時でも、たまには震えるほどの楽しい夜を過ごして、この世はまだまだ楽しむ余地あり、と思っていることが何より重要だと。クラブのお立ち台でパンツ見せてるくらいじゃ、埋められない穴が、女にはあるのだ。特に都会的で洗練された私たちにはあるんだもん♥。多少お金と労力がかかっても、そういうことをやり続けないと、きっと、男の人を不安にさせてしまう。「あるがままの僕」ではだめなんだ的な、極めて中2病的な、カラオケでミスチルとかマジでいい歌だよねと言いながら歌う的な、どうでもいい不安を与え続けてしまうと、結局それなりに居心地のいい関係も破綻《はたん》する。彼は、嘘を知っている私とは一緒にいたがらなくなって、私も、嘘／ホントの峻別《しゅんべつ》ゲームに飽きて、1年もたたずに連絡もとらなくなった。

ところで、冒頭の彼の人となり、私が確認した限り、1つだけ嘘じゃない真実が混じっています。さて、どれでしょう？

4　ごみたいな生活、意外と嫌いじゃないの

4月のけだるい土曜日の深夜、大阪にあるロフトプラスワン・ウエスト[8]で、社会学者の宮台真司さんたちが主催するイベントに、ゲストとして出演してきた（勿論ビジュアル担当）。歌舞伎町でデリヘル経営するオネエサンとか、歌舞伎町でホストやってる東大院生とか、ゴージャスな肩書の人たちとの共演だったので、私もものすごく胸のえぐれた黒いワンピースとか着て（都内に帰ってきて歌舞伎町でご飯食べてたら

おしりのところが綺麗にぱっくり切れてたのに気づいたんですけどいつから切れてたかわかる方いますか？)、マスクつけて(私みたいに下膨れの顔は、マスクをつけると時々美人に映る)、とにかく余計なことは言わずに、ステージ上で炒飯《チャーハン》食べたりタバコ吸ったり、ビジュアル担当の存在感を出すことだけに集中していたんですが、そんな中イベントでは、〝このクソみたいな世界〟という言葉がしばしば語られた。

クソみたいな世界。深夜のイベントだったので、レッドブルウォッカ3杯飲んでもぼやっとする頭で、私はそのクソについて、イベントの文脈からは完全に離れて思いをめぐらせていた。私自身わかりやすくクソにまみれて生きているので、あの時のあれもクソ、その時のあれもクソ、と色々と思い出されることはつきないのだが、その時たまたまステージで隣に座っていたデリヘル経営のオネエサンの顔が、マリとみんなに呼ばれていた私の昔の友達にそっくりだったので、マリとごみみたいに遊んでいた横浜は関内のクソな男について改めて思い出した。

私が横浜に住んでいたのは2002年から05年頃で、関内と桜木町の中間くらいにあったマンションの8階、5畳ちょっとしかないワンルームに、夢と希望以外を全てつめこんで、本当にごみみたいな生活を送っていた。多分大学に行っている時間の4

倍くらいの時間は夜のオネエサンとして過ごしていて（大学に行きたくなかったわけじゃなくて、すごく遠かったの。湘南台からさらにバスで20分とかいって全然湘南キャンパスじゃないし）、そのキャバクラにオープンラストで出勤したり、一度家に帰ってきて化粧を直したり、1時間仮眠してから友達とファミレスに集合してぐだぐだ喋《しゃべ》ったり、ホスクラに遊びに行ったり、それでその後ホストと定食屋でぐだぐだ喋ったり、ホストの家で仮眠したり、で、家帰ってきてもう一回寝たり。書いてみてほんとごみで私よくまともに今生活してるな、と感心する。

で、マリは同じ関内の別のキャバクラで働いている同い年の女の子で、仕事の後ファミレスで落ち合ってぐだぐだ喋ったり、一緒にホストクラブに行ったりする友達だった。彼女は家が戸塚の奥のほうだったので、送りの車を待つのが面倒な時には、特に約束もなく私の家に来て、シャワーを浴びたり携帯メールに勤《いそ》しんだりしていた。その水分が失われきったパサパサの茶色の巻き髪や、極太のアイラインからは想像がつかないが、マリはカソリックの女子校を出た後、看護学校に通っていて、というかそもそも家族も全員カソリックで、マリという源氏名は、彼女の洗礼名のマリアからつけたという罰当たりなことを言っていた気がする。彼女はユースケさんというホストと付き合っていて（付き合っているというかそこはホストなので微妙だけどまあ付き合っているということになっていて）、私はそのユースケさんが働いている店に一応担当はいたものの、大して仲が良かったわけではないのでユースケさん自身には何度かしか会ったことはないのだが、とにかく口の悪い、態度のでかい、しかも30歳くらいで午前4時を越えると加齢臭がたちこめてくる、いまいち顔もパッとしない男だったのは覚えている。一度彼が駐車違反で車をレッカー移動された時に、彼はもう点数が残っていないから代わりに被《かぶ》ってくれないか、という相談を、生理前の超いらいらしてる上に大学が試験期間中で睡眠2時間でこれから学校行かなきゃいけない、みたいな時にされて、努めてさわやかな声で「うん、嫌です‼」と即答した記憶は鮮明にある。

　マリはユースケにべったりだった。私といる時でも、電話で呼ばれたら必ず店に行って、頼まれればいつでもシャンパン入れて、たまにすっげー高い飾りボトル[10]とか入れて。自分は、というと服はすべてエゴイストやセシルマクビーで、靴はすべてエスペランサ[11]で、ホスト狂いの女の子独特の、「自分にオカネをかけずに何かにオカネをかけている格好」をしていた。結局その後、入金が追いつかなくて、金銭トラブル続出させすぎて、私たちの仲良しグループからもイライラされて、私もオカネ貸してとしか言われなくなって面倒臭くなって、しかもキャバクラやめて堀之内[12]のソープで働きだして、学校だってあと1年でナースの資格がとれるのに辞めちゃって、なんかホスト漫画に一瞬出てくるとってもわかりやすーく不幸な感じの女の子みたいな、逆にそこまでいくと意外、みたいな展開が待っているんだけど、マリと私がそのユースケの店にいた時に、ユースケが言ったいかしたクソな発言が最高だった。しかもクソなことに、マリがトイレか何かで席を外してる時に言いやがったのだった。「マリは俺という商品を気に入って、今はでもまだ俺の小指の付け根から先くらいしか買ってないんだよね、来月バースデーで片手くらいは手に入るかもしんないけど」

　ユースケの言い得て妙でもなんでもないよくわからない発言は、残念ながら多分当たってなかった。マリは堀之内の泡姫になった後、どうでもいいことでユースケと喧嘩して簡単に切って、横浜のまた別のホストと暮らし始めたし、別にユースケの身体の後に、その次の担当の身体を購入するために、せっせとオカネを払い続けていたわけではない。多分ごみだらけの福富町の通りで、クソみたいな男とごみみたいな生活を送ること自体が、女子校でカソリックで戸塚な毎日から彼女を解放するもので、そのごみみたいにキラキラした生活のために払ったリシャール代[13]だったんだと思う。彼女の父親が一度、全然家に帰ってこなくなった彼女を連れ戻しに関内まで来たことがあるが、彼女は1週間も経《た》たないうちに、私の家に再び避難してきた。私たち、結構ごみみたいな生活が嫌いじゃなくて、むしろ積極的に汚れることが、どうしても必要な時期ってあるのよね。オトコは、クソであればクソであるほど、たまに私たちのごみ生活を飾る、最高のごみになる。

午前5時に終わったイベントの後、とりあえず座りたくて入った大阪の日の出営業のホスクラで、「ええやん！　俺、年増《としま》好きやねん！」と、あからさまに大阪っぽい口説き文句を聞きながら、あの横浜時代から10年とか経って、今も社会は激しくクソみたいだけど、やっぱり私の生活はあの時ほどはごみみたいじゃないな、と思った。でも後ろの席に座ってたすっごい可愛い女の子は、どうやら営業終了後のホスクラで軽く仮眠をとって、そのままデリヘルに昼から出勤しようとしていたらしくて、なんかいいね、まさにごみ。

8―隣のビルにはホストクラブが入ってた。ナイス！
9―その時代のホストクラブは現在と違って深夜営業が黙認されていたため、深夜1時頃からお昼の12時頃まで営業していた。
10―クリスタルのボトルに入った100万円単位のものから、陶器のボトルに入った10万円単位のものまで取り揃えられている。中身はほとんどの人が飲まない。自分の「太客アピール」と担当ホストの見栄のために、テーブルをボトルで飾る。だから飾りボトル。
11―エゴイストやセシルマクビー同様、109ブランドで、現在では大きなファッションビルに多く入居する。本家の109では地下1階に構える縦長の売り場に、3000円から、せいぜいブーツでも1万円台の靴がところ狭しと並ぶ。
12―当時、高級店は特に客の入りが悪くなっている、と言われてた吉原とくらべて、堀之内は女の子のレベルも高くて、お客さんの入りもとてもよかった。
13―ヘネシー社の最高級品。ホストクラブ価格はその頃でも100万円。最近は200万円以上の店も。

5　スパークリングの甘さに酔って

「私、自分自身にもだけど、例えばあなたにも、どんなに煌めく才能があったところで、別に嬉しくなくなっちゃった。才で書いたもの、才でつくったものに感動しない。真摯《しんし》に対象に向き合ってる姿勢とか、本当に毎日毎日観察して書いたものとか、そういうものの方がよっぽど読みたいよ」

下品で輝かしい夜のオネエサンだった頃、つまりごみみたいに煌めく生活をしていた頃、母と歌舞伎座で待ち合わせをしてて、早く着いた私が当時はまだそこら中にあった銀座の路上灰皿の前でよりによってタバコに火をつけたタイミングで母もちょっと早く到着して、げんなりした顔で寄ってきて、私のタバコを素早く奪って灰皿に放り込みながらそんなことを言った。母は、タバコやめなさい、なんてシンプルなことは言わない。

「才能はともかくさ、感性は必要じゃない？　浅田彰だって言ってなかった？」

まだ20歳そこそこの、いろいろと過剰だった私はとぼけた顔で聞き返す。何も母は、私に煌めく才能があると言ったのではない。母は十分すぎるほど私や私のつくるものを愛したが、それを前提とした上で、非常にフェアな判断をする。従兄弟《いとこ》の作文の方がおもしろければ従兄弟を褒め、隣のまりこちゃんの描いた絵がすばらしければ、これいいな欲しいなと私の前で言った。だから私はある程度彼女のことを信頼して暮らせた。

「だからその感性ってさ、なんか元々備わっているとまでは思ってなかったけど、生まれ育った街とか暮らしてきた環境とか、経験とかそういうものによって自然とつくられると思うじゃない？　最近そうも思わないんだな。やっぱり毎日、カニを観察して観察して水の温度とか気をつけて、それで微妙な変化とかについてまじめに調べて、新しい知見を少しずつ見いだして、みたいなところでしか磨かれないんじゃないかね。頼みたもうな、才の火は」

母がカニを例に出した理由はわかる。私の通っていた私立の小学校は、小学3年まではは国語算数理科社会といった時間割がなく、その代わりに「そうごう」という時間が週の約4分の3を占めている少し変わったところで、その総合学習の時間の一部を使って、各クラスが好きな動物を育てるという慣習があった。で、隣のナザレト組がモルモットで、もひとつ隣のパレスチナ組がインコだったのに対し、我がベトレヘム組はなぜかカニだったのである。それは勿論生徒のたっての希望とかではなく、たまたま当たった担任が、カニ博士と呼ばれる無類のカニ好きのおばちゃんで、結局ワタシたちは沢蟹とか磯蟹とかを獲りに行って、1人1匹ずつ水槽で飼うはめになったのであった。ちなみに1学年上のベトレヘム組は羊を飼っておられた。

「じゃあ私の感性は小学校のあのカニで磨かれたんだな」

三越で買ってきた弁当を母に渡して、私たちはまだ建て替え工事前の歌舞伎座の入り口を入った。筋書きを買う母に、私は横から話しかけた。

「してる？　今そういうこと。なんかさっきタバコ吸ってたあなたの顔さ、いかにも、魂に悪い生活してるなって感じしたよ」

「だって大学ってそういうことするために行ってるような気がするし。魂に悪いなんておじいちゃん心理学者みたいなこと言わないでよ」

「へるもんじゃないし、と思ってるでしょ。あなたの肌は本当につるつる。それは私が野菜をたくさん食べさせたからだと思うけど。あなたは受験勉強なんて簡単だったでしょ。それも私が小さい頃から、いい本をたくさん読ませたからだし、英語を喋れるように育てたからだけど。でも美も才も、期間限定だよ。ほんとに、すぐなくなっちゃうよ。擦れた生活してるならなおさら。美に、才に、頼れなくなったらどうする？」

席を探してからトイレに行って、今度は母がトイレに行った。立って歩いている時にはそれほどでもなかったが、座るとやはり若干、前日（というかその日の早朝）に飲んだまずいお酒が抜け切れていない居心地の悪さがあった。

魂に悪い、という意識が、私の中になかったわけではない。私は前日、お店での支払いとは別にお金をくれるオトコを店に呼んで、ヘルプの女の子たちまで連れて横浜のなんとか小僧とかいう、ピアノがあって不細工なピアニストがいるサパーで朝4時半まで飲んでいた。本当はカラオケに行きたかったのに、そのオトコが、若い男にいばる自分の姿を私に見せたがったのである。で、若い男にいばる会社社長の勇姿を見学したり、じゃんけんで勝ったら1万円みたいなゲームをしたり、酔っ払ったオトコの連れがヘルプの女の子を本気で口説きにかかったりしているうちに、なんとなくお財布の一万円札が10枚くらい増えていた。店で、アフターで、確かに私は労働をしていたが、それでもその一万円札たちが、私の尊い労働に支払われている対価ではないことくらいは、愚かな21歳にもわかっていた。

「おばあちゃんに、たまには電話してあげてよ。って何回も言ってるでしょ」

トイレから戻ってきた母が、カバンから眼鏡を取り出しながら言った。母は近眼だが、常時コンタクトレンズを付けっぱなしの私と違い、舞台や映画を見る時くらいしか、眼鏡をかけない。大きいイヤリングをしてエスカーダのスーツにボルボネーゼのバッグを合わせているロングヘアの母は、普通に考えればそれなりにいい女で、眼鏡をかけると、マリリン・モンローがド近眼の役柄を演じたあの映画のような雰囲気を感じなくもない。

「あなたが1回電話をかければ、おばあちゃんなんて、1日の話題ができちゃうんだから。今日孫が電話くれたよって。それくらい価値があるんだよ」

私はこの日の2年弱前に、唐突に実家を出て、関内で1人暮らしを始めていた。気が狂うほど飲んでも始発の横須賀線に揺られ、さらに駅からのバスに揺られている間に、現実的な気分になってしまう実家暮らしと違い、めくるめく生活が継続する楽しさがあった。別に大学や会社から、どうしても通えない距離ではないものの、なんだかんだ私はそれ以来、今もずっと実家以外の場所に部屋を借りている。母は、私が実家を出た必然性をわかっていたようだが、それでも最低限の家族とのつながりを持たせようとした。私は私で、鈴木家の娘でいることは、捨てられないものだった。

「電話しようと思うんだけどさ、時間とか合わなかったりするし」

本音を言えば、私は父や母には、多少破滅的な生活を送っていても、向けられる顔くらいはあったものの、おばあちゃんくらいに私にとって無垢《むく》な存在になると、どうも気まずさをぬぐいきれなかったのだ。ほら、おばあちゃんて戦争とかも経験してるし。さすがに昨日口にしたものが、コンビニのサラダ巻きとシャンパンとポッキーだけなんて言えない、みたいな。

「でもあなたってママっこだよね」

「なんで急に」

「だって歌舞伎とか一緒に見るし」

「ママが誘ってくるんじゃん」

「結局、私と同じ文系になったし」

「量子力学とか興味なかっただけ」

「顔はパパに似てるのに」

性格も、本当は私はきっと父に似ている。建設的な話し合いを好む母とは対照的に、父は時々破滅的な遊び方をする。というより、破滅的な遊び方に憧れているようなところがあって、私はしっかりそれを引き継いだ。母よりも、父や私の方が、実は部屋が綺麗で時間に遅れることも少ない。けれども母は過剰に明るさを演出し、父や私は暗さを演出する。

その日見た演目が、三人吉三だったか、それとも何か短い芝居と踊りだったか、どちらだったかどうしても思い出せない。どちらにせよ玉三郎が出ていたのは確かだ。母は歌舞伎を見慣れているので、お茶を飲みながらリラックスして舞台を見つめる。私はその横で二日酔いと戦いながら、ちょこちょこ筋書きを確認しながら鑑賞した。休憩があって、再びトイレに行った母は戻ってくるなり、先ほどの会話を再開したがった。

「パパって顔はアラブ人みたいだけどさ、本質的にはいかにも東京のおぼっちゃんじゃない。田舎ってハワイとかバリのことだと思ってるし、大学って東大のことだと思ってるし、知り合いが多くて親友が少ないし」

「パパってわりと性格悪いもんね」

「男のひとってさ、今あなたは見下しているだろうけど、あなたが見下してるそういう部分て、あなたが思ってる１００倍みっともなくてくだらないよ。そんなもんじゃないんだから。あのみっともなさって。でも、あなたが思ってる１００倍は魅力的なものだよ。そういうとこって、訓練がないと見えない」

私には、門限はなかった。本は読めとは言われたが、学校のくだらない宿題についてやれと言われたことはないし、日焼けサロンも白メッシュもゴム抜きルーズソックスも、ださいとは言われたが禁止はされなかった。私が似合わないドレスでオトコを接客しているのも、そのお金でシャネルやシャンパンを買いあさっているのも、おそらく見通していて、それでも母はそれを直接批判するような単純なことはしなかった。

「でも、退屈なオトコじゃ嫌だよ、私」

「退屈が嫌〜とかキラキラしてたい〜とか、甘い甘い。子供だねー。知ってるけど。あなたは退屈なオトコが嫌なんじゃなくて、退屈な生活をオトコで補おうとしてるんだよ。あなたが嫌なのは、自分の退屈を埋めてくれないオトコ。そんなものオトコなんかに埋められるか」

休憩時間はそこで終わり、ふたたび私たち2人は玉三郎の世界へ誘われた。母は時々、語尾をわざと不良っぽくして話にケリをつける。知らない人が見たら、上品なお嬢様がちょっと悪ぶっている艶っぽさに見えるんだろう。でも多分、母にとってはそういう上品じゃない語尾もまた彼女の本質で、普段上品なエスカーダで隠しているそういう部分を、たまにわざとチラッと私に見せるのだ。

歌舞伎が終わってから、銀座でご飯を食べたのか、そのまま横須賀線に一緒に乗って、私は横浜の自分の部屋に、母は私の実家に帰ったのか、それもまた微妙に思い出せない。ただ、なぜこんな昔のことを鮮明に今思い出しているかというと、先日、仕事で近くに寄ったから、と私の現在の部屋である港区のマンションに訪ねてきた時、いまだに自己顕示欲と不安でぱんぱんの私の本箱を見て、母は、「実るほど、頭《こうべ》を垂れる稲穂かな」と言いながら手を上にあげて（きっと稲穂のポーズなのだろう。彼女なりに）おじぎのような動きをしてみせたからである。

彼女はあの歌舞伎座で会った日も、帰り際に同じポーズをしてみせたのだ。私はその時は、きっとキャバクラ風に盛り盛りアップにした私の髪型が重そうに見えるんだろう、くらいには、彼女の話は流していた。

第2幕

幸福はディナーのあとで

6　ハートのエースが出てこない〈覚醒編〉

「それを実行したのは彼らだが、望んだのは私たちのほうなのだ」

J・ボードリヤール

梅雨《つゆ》なんて特にそうだが、そうでなくとも、ピーカンに晴れた日以外はなんとなくじめっとした気分になってしまう、太陽の子、それが私です。だから雨の日には、じめっとした気分も吹き飛ばす、大恋愛の話でもしたいのだけど、私の大恋愛の話、どれもこれも非常にじめっとしたものばかりであることに気づいて落ち込んでいます。

もう恋愛かどうかは問わないから、自分史上最も乾燥した関係だった男との思い出についで脳内検索をかけたところ、1件がヒット。

乳もモモもケツも張りに張っていた21歳の頃、私が横浜は関内の小汚い通り沿いのマンションで、清さと正しさと美しさ以外をすべて体現して暮らしていたことはもう話したかしら。そんなアン・イノセント・ワールドな当時だけど、それでも今も思い出すと、いつの日もこの胸に流れてるメロディー♪があって、それはMISAの『BANZAI』[14]なのである。

『BANZAI』を毎日流していたのは、横浜で当時はそこそこ流行《はや》っていたAというホストクラブだ。私は21歳になったばかりの夏に、当時勤めていたキャバクラの、2つ年上のオネエサンであったミライさんと、入ったばかりのボーイに何故か連れられて、初めてその店の門をくぐった。関内らしい、漢字とローマ字が混在した看板が緑とか紫とかに光る雑居ビルの6階でエレベーターを降りると、これもまた関内らしい、中途半端にデザイン性のある重たい扉があって、それを開くと、硬いソファとテーブルが複雑に並べられた、薄暗い世界が広がっていた。

私はなんの浮足立つ理由もなく、ただミライさんの付き合いでそこに存在しただけだった。当時は横浜西口でスカウト兼キャバクラの内勤をしている男と付き合って(後に3股が発覚。その話はまたいつか♥)いたし、19歳から20歳にかけてホストクラブのオーナーとの半同棲生活を後味悪く終わらせていたし、友人マリはD店のクソ男にカモられ続けて泡となって散っていたし、ホストと遊ぶのもいまいち目新しさに欠けるな、という気分だった。それに一応、どうしても1人で飲みたい時に行けるお店は2店くらいあったので、行きつけの飲み屋を物色したかったわけでもない。

ミライさんが指名していたガクさんという店の代表を名乗る人物が席にきて、私に「若いね？　かわいいね？」と何の面白みもないトークを繰り広げ出してからも、私のテンションは平坦なままだった。若いホストやナンバーに入っているホストや、何を血迷ってホストになった⁉　というオジサンやらが入れ替わり立ち替わり私の前に座り、うちの店のボーイが若干潰れ気味で先に帰り、ミライさんの入れた安いシャンパンが運ばれてきてコールで店のホストが一堂に会し、今度は別のテーブルでドンペリがおりてそっちにホストが集合したあたりでようやく私も、原価600円の鏡月の力でそれなりに楽しい気分になってきて、そのタイミングでミライさんが私に、「一応指名どうする？」と聞いた。

「さっき一緒にきた一個下の2人、ユウキくん（軽く仮名）か、マサトくん（軽めに仮名）がいいなー」

ユウキくんは黒っぽい髪をたててごつめのシルバーアクセサリーをつけた男の子で、

入り口にあったナンバーのパネルによると、前の月の売り上げがお店全体の6位（多分小計で50万も売っていない）。マサトくんは、ハーフっぽい顔の、明るい茶色の髪が長くて背が低い男の子で、売り上げは4位だった。

私は別にその2人が、特別タイプだったわけでも、トークが楽しいと思ったわけでもなく、ただ21歳の私にとっては年下のホストはまだ数が少なく、おそらくオネエサン気分を味わいたいような気がしたのかと思う（ちなみにもうすぐ31歳の今の私にとっては年上のホストはいいかげん少数派になっていて、たまにいると妹気分にホッコリする）。ガクさんに勧められて私はそのままマサトを指名した。

今のホストはＬＩＮＥとか便利なものが普及していていいんだろうけれど、当時はホストの営業といえば電話だった。その日も、小汚い部屋に帰るとすぐにマサトから電話がかかってきて、今度遊ぼうね、とか適当なことを言って切ったところまでは、人生が全体的にふわっとした意識に包まれている私でも、はっきり鮮明に覚えている。しかし、そこから、その4ヶ月後にマサトのバースデーを祝って8段に積み上げられたシャンパングラスのてっぺんに、ドンペリ（白・横浜価格6万）のボトルを傾けて液体を注いでいる21歳の私の姿までをつなぐ記憶は、とても霞《かす》んでしまって、いわば

「ミスティーウォーターカラードメモリー」[15]、何が起きていたのかを完全には思い出せないのである。

1つ言えるのは、ホストなんてそんな大金注ぎ込まなくても適当に一緒に遊んでいるのが楽しいじゃん、とすかしていた私が、きっと学校の先生も褒めてくれるであろうくらいの立派なエースに育っていく過程に、マサトだか武蔵だか知らないが、その20歳そこそこのハーフ顔の男が、完全に不在だったということである。

私は毎日、原価600円の鏡月と水レモンをテキーラグラスに注いで、店のカラオケで安室ちゃんメドレーやMISIAメドレーをヘルプと歌って、営業終了間近にものすごく高い炭酸飲料をほとんど吐くためだけにヘルプに分け与え、締め日ともなれば当時「店エース」[16]と呼ばれていたアキちゃん（重めに仮名）というシンさんの客と、ヒロミとオチョウフジンがごとく競って変な形の陶器のボトル[17]を注文し、A店の近くにあったチョウハチという汚い定食屋で担当ホストと朝ご飯を食べ、一度帰って着替えて地下鉄で学校へいく道すがら携帯電話で、まだまだ草創期だった『ホスラブ』で店のスレッドをチェックして、「マサトのエース何してる人なの？」とか「乳でかいだけでブスじゃん」とか「え、あの人いい人だよ」とか「本人乙」とか書かれているのを見ては「自作じゃねーし！」とか思ってまんざらでもなく、気づけば私を108回泣かせたスカウト兼内勤とは別れていた。

だけど、男と別れさせるほどに私の身体に入り込んできていたのは、新たなラブとしてのマサトくんでもなければ、もちろん、人間・マサトでもない。私が夢中になったのは、関内の深夜1時以降にだけはっきり手に入る万能感だった。21年間蓄積した女としてのそれはそれは汚く愛《いと》しいエゴイズムが、毒々しい花になって私の頭のてっぺんに咲き誇っていた。私が店内を歩けば、ホスラバーの女の子たちがじろじろ見てきたし、代表のガクさんは忙しい時でも私の席に長々と座ってくれていたし、食べたいものはヘルプが関内中探してきてくれた。別にそれ自体、大してうれしいことでもないが、それでも毒と美と資本主義をつま先から心臓の奥まで体現している自分が、愉快で愉快で仕方なかった。世界が私で私が世界で、私は毎日営業終わりに、「イチニ・サンシ・ゴーロク」という『BANZAI』を聞きながら、高い炭酸を頼むと沸いてくるヘルプのシャンパン・コールを聞きながら、「ビバ！　ワタシ！」と叫んでいた（もちろん、外面《そとづら》はおすましマしてましたけど）。あーあ。その午前1時のレーゾンデートル、代償はあまりに高額だったんだけどさ。

私は高校生の時、パラパラ全盛期のクラブでお立ち台にのぼって20分に1回トイレでゲロ吐きながらも一晩中踊り続けられた。大学1年の時は、年収1000万円以上の人限定の合コンで、毎週毎週高い靴をみせびらかした。毎年毎年「ビバ！　ワタシ！」のハードルはあがりっぱなしで、反比例するように、高揚する場所は減っていった。私には、もっと楽しくもっとどぎつく振り回してくれるものが必要だったのに。

多分、初回からタワーまでの間に、彼とは一緒に出かけたりお互いの家に行ったりいろいろ話したりしたのだろうけど、ほとんど記憶にない。2年半前に、いろいろと昔のデータが入った携帯電話を、当時の勤め先だった東京都庁のトイレに流してしまった私は、写真も持っていないし、10年前に毎日のように見ていたマサトの顔すらはっきりとは思い出せない。私はハーフのお人形みたいな彼の形をした入れ物に、都合のいいものだけを詰め込んで遊んでいたのだから仕方ない。彼も別に、ホスト人生最初のエースくらいにしか私のことは思っていなかっただろうし、現に私が店に行かなくなってから、連絡なんてとったこともない。私はタワーの2ヶ月後に電通に勤める彼氏ができて、なんとなくホスクラでは遊ばなくなった。タワーを2回払いにした（でもそれも当日より前！）以外は全部現金かカードで飲み代を払っていた私は、金銭的なしがらみもなく、A店にはそれ以来行っていない。

　インターバルはちょいちょいあるにしても、その後もいろんな店でいろんなホストを指名して、好きすぎて鼻血でるくらい苦しんでみたりもしたし、半同棲の本彼も経験したし（これには友人たちの異論あり。いいの！　当時の私にとって本物の愛だったのならば、それが本物の恋なのだから！）、店を出禁になったこともあるし、担当ホストが数年後に死んじゃうっていうなかなか重い経験もした。普通に彼氏とラブラブみたいな時期もあったし、別れ話に怒り狂ったエリート医者の元カレに軽めにつけ回されたり、虚言癖のベトナム系日本人に執着されたり、音楽で食っていくというこの世で一番すてきな夢を語っている貧乏な彼氏と下北沢で一番安い定食屋を探し歩いたり、涼美ちゃんのことは好きだけど小津映画の方がもっと好き！　と屈託なく言う彼氏に30万貸したら返ってこなかったり、何をしているのかいまいち不明な超お金持ちの彼氏をつくって豪華なバリのホテルで2週間遊びまくってみたりもしてみた。私は関係した全部の男の顔をはっきり覚えてるし、今でも思い出すと苦しくて酒がのみたい！　みたいな元彼も多い。30歳にもなると、よっぽど好きな男としか寝ないし、よっぽど好きなホストじゃないと指名なんてしないし、よっぽど酔っ払わないとお財布なんて開かないし（開いてもお金入ってないけど♥）、よっぽど気乗りしないと彼氏とかつくらないし、男と別れる時にはそれこそ血を流しながら肉を切り離すほどに大変である。

でもマサトのことを思い出す時（というかそもそも今、9年ぶりくらいに思い出したんだけど）、私の心には秋の鎌倉のような乾いた穏やかな風がそよぐのみ。その潔くからっぽな関係は、家に大量にA店のライターがたまる、という一応の帰結をみて終わった、私による、私のための、私の破滅であった。でも狂いたい女を狂いたいだけ狂わせてやるのも、そしてそれをからっぽに甘んじて包摂するのも、男の器量なんじゃないかしら（あ、別に私、今は破滅したくないです、あしからず）。

14―もともと日本人歌手が海外でリリースした歌らしいが、2000年代前半にはクラブやホストクラブで頻繁にかかってたパラパラ系の曲。
15―映画『追憶』の主題歌、バーブラ・ストライサンド『THE WAY WE WERE』。米ドラマで主人公が口ずさんでから、日本の若い女子たちの間で人気が再燃した。
16―店で最も高額を使うお客様。

17―ホストクラブではテーブルに飾るボトルを飾りボトルと呼んで高額で販売しており（別に飲んでもいいのだけど）クリスタルのボトルに入った100万円位のものからラーセンやブックといった陶器のもの、安価なものではガラスの靴の形をしたシンデレラなどがあった。それらを入れると、次回来店時から自分のテーブルに並べられ、その本数が多ければ担当ホストも自分も見栄がはれた。

7　ハートのエースが出てこない〈僕たちの失敗編〉

ホストクラブが風俗嬢の遊び場となって久しく、だからこそホストがたまに奢ってくれるご飯は、女の子の血と肉の味がして最高に美味しいのだが、なんというかそんな事情もあって世間の風当たりは10年前に比べてもまあまあ厳しい。私がいくつかの媒体でホストクラブについてとやかく書いて調子にのっていると、ある時、従兄弟の中で一番仲が良いお兄ちゃんから電話がかかってきて、要はおばあちゃんが生きているうちは頼むからあんまり生き恥をさらすな、というようなことを彼なりのウィットと優しさでもって諭され、でも私はそれなりのおばあちゃん子だからおばあちゃんが死ぬなんてことは全然考えたくなくて、うーんじゃあ3年後くらいに、というような気分にもなれず、だからおばあちゃんがあと20年は生きている前提で、私は自分の破滅も破滅の後の物語も、それなりに都合の悪いことは隠しながら、これからも紡ぎ続けます。

一方、私の人生の師、というにはそれなりに欠陥も多いのだが、それなりにいろんなことを相談する姉さん役であるマコねえさんからは、いつまでも過去の栄光の話で食えると思うな、とお達しのＬＩＮＥが時々届く。たしかに私のうなじから、退廃的な色香が漂っていたのは今やもう10年も前のことで、かといって私の今の生活と言えば、特に心がざわつくこともなく、たまに記号的なカレシがいたり、たまにホスト遊びの真似事めいたことをしてみたり、至って真面目で、もちろん破滅とも幸福とも程遠く、荒々しい世界を平坦な心持ちで歩いているようなものなので、例えば今日、ちょっといいかな、と思ってる男子と昼間にウナギを食べに行ったけれどもそんな話は誰も聞きたくないだろうし、その後歌舞伎町に繰り出して初めて行く新店のホストクラブで、初回料金に1万円プラスして払って飲み直しをしたけれども、それもまた誰も興味ないだろうし。ぶつぶつ。

ただ、2人の助言を全く聞き入れない、というのも私の生き様としては何か違うような気もするのである。と、さらにぶつぶつ言いながら久しぶりに『ホスラブ』とか見ていたら、ちょうどいいタイミングで私の愉快な友人であるケイコが、いい感じに破滅道を磨いていることがわかった。

ホスト好きのオネエサンには2種類いて、片方はお金を使えば使うほど、担当ホストへの恋愛感情が燃え上がるタイプ、もう一方がお金を使うほど恋愛感情が薄れていくタイプ。ホスト好きのオネエサンは、もひとつ2種類に分かれて、担当ホストに「つく」犬タイプと、店に「つく」猫タイプ。ホスト好きのオネエサンはさらに2種類に分類できて、たとえお金に困っていなくても売り掛けで飲むタイプと、担当が売り掛けを望んでいようとそういった礼儀は無視して当日に現金払いで飲むタイプ。しつこいようだが、ホスト好きのオネエサンを、もう1側面で2種類に分けると、ホストに何か頼まれるのが好きなタイプと、勝手に飲むのが好きなタイプとなる。全てケイコは前者で、私は後者だった。

そんなケイコは先日、とあるホストクラブのとあるホストの掲示板で、「あの小豆《あずき》みたいに目の小さいエース、今月タワーやったからお金ないんだね」と大変に失礼な修飾語付きで噂されていた、かつて私が1年以上、毎日いっしょに遊んでいたほどの親友である。私たちは違う大学出身ではあったが、偏差値は同じくらい、共通の友人も多く、いわば合コン仲間から発展した友達だった。別に仲違いしたわけでもないが、ここ1年くらい、たまにLINEやメールでやり取りするくらいで、姿を見ていない。

私と毎日遊んでいた頃の彼女はというと、時価総額1兆円以上の、文句なしの大企業の総合職ギャルだった。私はというと、ちょうど夜のオネエサンと昼のオネエサンの端境期にあって、お金もなければ名誉も未来予想図もない、ただの銀座のホステスと本郷の大学院生のパロディを交互に繰り返すだけの、極めて中途半端な人（でもFカップ）であった。背が高く細身の彼女はパンツスーツを着るとなかなか嫌味なキャリアウーマン風情で、3ヶ国語を話し、どんなに飲み過ぎても翌朝9時には港区中心部のオフィスに向かう彼女を、私は、ああ私もあと2年くらい東京の4次元を浮遊した後には、こういうまっとうな人間になるんだろうな、なれるのか、いやならなくてはならない、とか思って見ていた。

彼女は当時、2つ年上の慶應のラグビー部の元エース（こちら、日本語の一般的な使い方の方のエース）と付き合っていて、さらに会社の後輩とも付き合っている、なかなか体力と度胸のある女で、そして時々どちらかにどちらかの存在がバレて、雨の中怒った彼を追いかけるという、月9世代の我々がやりがちな日常一コマ劇場を私に見せてくれた。カレシと喧嘩して、もう本当に終わりだ、みたいになると（これが8回以上あった。8回目に、今度こそなにがなんでも本当に終わりだ、となって、それも3回以上聞いた）、必ず夜中に都内のどこかのカラオケ歌広場で、2人で1杯300円くらいの健全な値段のウーロンハイを飲みながら、小柳ゆきを歌った。彼女は異様に酒癖が悪く、たまに飲み会（私たちは合コンを合コンとは呼ばない。恋や結婚の相手は探しておらず、夜を楽しみに行っていただけだから）なんかに一緒に行くと、俺って面白いんだよねと思っている電通やフジテレビや三菱商事の男たちの3歩先ゆく笑いを提供してくれた。

私と彼女は私が大学院を修了するあたりのタイミングで、毎日のようには遊ばなくなった。彼女はラグビー部の元エースとは長年の浮気活動の総括として別れ、その浮気相手である会社の後輩と渋谷のマンションで仲睦まじい生活を送っていた。と、思ったら、ちょっと目を離した隙《すき》に、その後輩は秋田県の僻地《へきち》に転勤になっていて、彼女は会社を辞めていて、彼女の未入金の売掛金が250万円を超えていた。高額を使い始めて最初の月の売り掛けは貯金を崩して支払った。次の月の支払いはうまいことを言って親と彼氏に借りたオカネで支払い、3ヶ月めに破綻したらしい。

私の悪い癖なんだけどちょっと間のコマを飛ばし過ぎたので説明すると、要は、カレシが秋田に転勤になり、それなりに恋に生きるタイプの彼女の生活には時間的な意味での余白が生まれ、たまたま夜ナンパしてきた男と遊ぶようになった。その男は歌舞伎町の大手グループに所属するホストで、残念なことに、お前のこと好きだよ、と言ってくれこそすれ、お店に呼ぶお客さんとお前は別だよ、と言ってくれるタイプではなく、さらに残念なことに暴力掛け縛りクソ野郎で、私が久しぶりに会った時には、彼女のクビには絞殺未遂とも根性焼きともとれる痕《あと》が残っていた。秋田に転勤になったカレシが心配して彼女の家を訪ねたところ、床には大量の睡眠導入剤と、ホストの名刺の山と、ロイヤルバカラの瓶が散らばっているというホラー映画顔負けの光景が！

ここまでは残酷な、そしてありがちで面白みのない、女の失敗談である。ただし、女には2種類いて、片方は失敗して横道に逸《そ》れた生活を、死ぬほど後悔するか、いい勉強料だと思うかはさておき、リカバリーして傷を絆創膏でとめ、その失敗がなかった場合の人生の道を取り戻そうとするタイプだ。もう片方は、失敗して手に入れた新しい生活を、そのまま突き進むタイプ。ここではケイコは後者だった。

彼女が選びとったのは、失敗をなかったことにしてもとの生活に戻ることではなく、失敗を失敗ではなくするための手段だった。会社の退職金と親からの再度の借金でなんとか1ヶ月遅れで売掛金を完済した彼女は、未入金の売掛金で精神に支障をきたすことがないよう、月収40万円の老舗《しにせ》企業の代わりに、えーと日本語に直訳すると「宅配健康」[18]になる仕事を週に5日ペースで始め、月収は200万円近くなった。ホラーな光景を見せて、カレシを心配させないよう、カレシとは別れた。クビに絞殺未遂の痕がつかないよう、暴力ホストとは別れ、歌舞伎町の別のホストクラブに新しい彼氏兼担当を見つけた。そして現在は人生3人目の担当ホストと、新宿区で一緒に暮らしているらしい。月初には前月の売掛金をもらすことなく入金し、昼間の彼氏に心配されることなく夜の彼氏に感謝され、クビを絞められたりは決してしていない。彼女にとってのホスト遊びは本営エース[19]以外はあり得なくて、そうやって歌舞伎町の一端を、今も支え続けている。

最後にケイコとゆっくり話したのは、1年と少し前に彼女のお父さんが亡くなった直後だった。一人っ子の彼女がお葬式で喪服を着て、しっかりした佇《たたず》まいで礼をする姿を見て、凡人の私は、彼女はもしかしたらこれを機に、歌舞伎町から出て行ってしまうかもしれない、とも思った。でも勿論倫理を超えて崇高な彼女は、親が死んだくらいで、燃え尽きてはしまわなかったようだ。凡人の私は凡人のまま、ホスト遊びのパロディや、昼間の素敵オネエサンのパロディや、ぱっとしない文化人のパロディを繰り返すだけの、お金も名誉も未来予想図も、ちょっとはあるけどそんなにない生活を捨てきれない。

東新宿周辺で、小豆みたいな小さな目をしたすらっと長身細身で色黒の女の子を見たら、それが1つの崇高な女の佇まいであって、涼美ねーさんの自慢の親友だと、ひとりほくそ笑んでください。

18―私がちょっと目を離した隙に、日本のデリバリーヘルス産業は、完全に店舗型を凌駕《りょうが》する巨大産業となっていた。その市場規模は2兆4000億円とも言われる。

19—お客様を本当の彼女だと思わせてお店に通わせるホストの営業方法。本カノ営業の略。10年前は、それをイロカノ、そして本当の彼女を本カノと言った気がするんだけれども、ホストもお客様も考えがメタ化した。ホストの本当の気持ちは神のみぞ知る。

8　買えるものはなんとかカードで

弱者にも生きる権利はある、というような寝言を一切の躊躇《ためら》いなく否定するピンヒールを履いて、私はウェスティンのロビーに到着した。呼び出した彼女たち3人は、まだ誰も到着してはいないようだった。私が一番乗りであるのは珍しいが、一応仰々しく呼び出した手前、10分前に着いておいてよかった、と思った。そろそろ空気がもわっとしだして、1年のうちで一番日の長い季節に差し掛かるものの、さすがに外もセンチメンタルな色になってきていたし、ハーブティーは熱いし、最近はどこも禁煙で困る。

しばらくすると、携帯にココから連絡が入った。3分ほど遅れるから飲み物でも飲んでいて、というその連絡に私が返信しようとしていたら、後ろから間の抜けた声がして、振り向けばルイちゃんとイヴが腕を組んでラウンジに入ってきた。

洗剤のCMみたいな格好をしたルイちゃんは、ヨガの講師らしい引っ詰めた髪型で、私は清潔なものは好きだからいいのだけど、問題は清潔すぎる彼女の横にいることで、私も含めた、ペディキュアが多少剝《は》げているような普通の人は、不潔な印象を持たれてしまうのではないか、ということだ。イヴは今風の、特に特徴がないけれども真似したくなる服を着て、サングラスをTシャツの胸のあたりにかけていた。

「久しぶり、ケイコと連絡とれた？」

私はひとまず、昨日イヴと話していた件についての確認をした。ケイコというのは私たちと同い年である30歳の現役の風俗嬢で、22歳のホストの彼氏と同棲している例のタフな奴である。イヴは一度私の家で彼女に会ったのを覚えていて、今度開くパーティーに、彼女を招きたがっていた。

「メールしたけど、その日は都合悪いって」

「最近いつもだよ」

「仕事？」

「じゃない？　あるいはオトコか」

私もルイちゃんもイヴも、同時期に銀座の同じクラブで働いていたことがある。有名クラブのナンバーワンだった人が、ママになって開いた比較的小さな店で、女の子たちは気軽に学生やOLをしながら、時給制で働いていた。一応担当制度があったけれど、ほぼ全てのお客さんが元々はママのお客さんかその枝で、みんなで和気藹々《あいあい》とした雰囲気が、どっぷりと夜に浸かっているオネエサンにはリハビリ的に、初心者の女の子には手慣らし的に、性に合っていたようだった。

ジミーチュウの靴を履いてようやく到着したココも含めて、今は誰も銀座では働いていない。本格的に夜の世界でのしあがろうとした子は4人の中では皆無で、そういうのしあがり型の子たちとは連絡をとらなくなってしまった。4人がそれぞれ普通の昼職や専門職に就いていて、だから現役の夜のオネエサンへの距離感と、ちょっとしたやっかみと、根強い嘲笑《ちょうしょう》は、日に日に強くなっている。

「おめでとう」

「あ、おめでとー」

ココに、私たち3人はそれぞれなんとなく祝いの言葉をかけた。そもそも今日集まったのは、ココの結婚内定を祝うためであった。ココは、一番最近まで夜のオネエサンだった、といっても1人のお金持ちの個人的な愛人だったのだが、今度は1人の商社マンと、一生の愛について誓う腹づもりらしい。

「ハヤシマリコかだれかが言った、結婚は受験だ、とかいう言葉に心から共感してる」

席につくなりココは、私の頼んだハーブティーを横から啜《すす》ってそう言った。

「結局、何で知り合ったんだっけ？　婚活パーティー？」

「いや、知り合いの紹介。婚活パーティーも紹介所も、まあまあいい人いたけど、なんとなく」

「よく決心したね、だってさー、あんた落ち着くの好きじゃないじゃん」

4人の中では一番高飛車でありながら、最も世の常識にうるさく、誰かの世話をやくのが大好きなイヴが、もういい加減この店は出ようよ、と言いながら、奔放なココのわかりやすい本質を言い当てる。

「別に結婚しても、落ち着かなければいいかなって。私、ラブ・アディクションだから。アディクテッド・トゥー・ユーだから。現に、今も好きな人いるし」

「じゃあ就活だね」

「そう、だって私、あんたみたいに学歴とかないし」

ココは相変わらずの自由さで、私のハーブティーを勢い良く全部飲みきり、そうだね、そろそろ出ようといって立ち上がった。もうそろそろ暗くなる時間だが、気づけば私たち4人とも、ストッキングも靴下も履いていないことに気づいた。ただし、オンナ同士で完結した集まりだからか、誰もアクセサリーや時計はつけていない。素足に少し厚底サンダルでノーアクセの集団は、ぞろぞろとホテルの入り口へ向かう。バッグは、ヴィトン、クロエ、トリーバーチ、ヴィトン、ととりとめもないが、髪の色は、全員が暗めの茶髪で、ネイルも全員がジェルネイルだ。30歳を過ぎて、守るべきものと捨てるべきものの線引きははっきりしてきたらしい。でも、線の引き方は何か、と基準を聞かれれば、謎である。


ぽちぽち暗くなる時間だが、外に出ると、いくら恵比寿とはいえ梅雨も深まった生ぬるい日らしい腐敗臭がする。私たちは早歩きになりながら、駅の方に向かった。

「脱毛ってしてる？」

ココのウェディング・エステの話題から、なんとなくルイちゃんが美容の話題をふってきた。ルイちゃんは元来の妹キャラで、なんでも興味を示し、その割にはくるくると話題を変え、人懐こい割には1人でさくさくとどこかへ行ってしまう。

「もう通ってない。でも、一回ちゃんとやるとさ、生えてきても薄いじゃん」

イヴの意見に私も同意した。私はもう2年、イヴは夜をあがってから4年間、脱毛サロンには行っていないという。昔は、新宿の靖国通りにある脱毛サロンに、一緒に通っていた。

「結婚式やるホテルのエステ行ったらさ、みんな背中を一番やりたがるんだって」

「え、背中はやったことないや」

「そこまでやらなくてよくない？　昔、大学の研究室の後輩で、女の腕と首の毛が好きっていう子いたよ」

いたのは確実だが、それがどの後輩だったかイマイチ思い出せないまま、私は「脱毛はほどほどが一番」宣言をしてみた。

「それって、文化系非モテ男子特有の意見な気がする」

ルイちゃんは、所謂《いわゆる》今風で痩《や》せたお洒落なオトコの子以外の、あらゆるジャンルのオトコに批判的だ。そこにイヴも加わる。

「たしかに。毛が好き、とか、なんか嫌。ねらってる感じ」

「でも正直、助かるよね。足太いのが好き、ムダ毛が好き、体臭が好き、いびきが好き」

ココが珍しく現実的な意見を言った。結婚してしばらくしたら、やっぱりワキ毛くらいしか処理しなくなるんだろうか。私は、ココはなんだかんだまだ結婚しないと思っていた。結婚したい、だとか、婚活中、だとか言うことはしょっちゅう聞いていたが、彼女はどこまでもプライドが高く、そのプライドが、誰よりも華やかで自由であることに向いていると思っていたからだ。銀座で一緒に働いていた頃の彼女は、相手の立場になって考えるということを一切排除することで、確固とした成功を手にしていた。都合が悪い／オカネがない／奥さんに悪い、というような、相手の背後にこびりつく内実を、堂々とハサミで切り裂いて、目の前にある幸福を売りつける潔さがあった。手に入れた紙切れは、時にエステ代や韓国旅行代になり、また時に誰よりも高いヴィンテージのバッグやダナ・キャランの服になり、また時にクラブやバーやホストクラブを飲み歩く資金に化けた。

けれども彼女は、裕福だけれどもとりたてて派手さのない家庭で育った、とりたてて特徴のないサラリーマンと結婚するという。それは、彼女が心から愛せる人に出会えたとか、そもそも人を愛する喜びを初めて知ったとか、プライドよりも相手を思いやることに目覚めたとか、そんな理由では断固としてないはずだ。きっと、プライドを支える価値観が、自由な華やかさよりも、イタくない、ということに比重を置くようになっただけだと思う。現に彼女は、妥協婚とでもなんとでも呼んで、と言って私に、結婚の連絡をしてきたのだった。

私たち4人は西口方面にまわり、駒沢通りを少し進んで、個室を予約したＮＯＳに到着した。

「昔さ、夏木さんたちと飲み会した時、たしか幹事だった夏木さんて、ここ出禁になったんだよね？」

夏木さんというのは私の大学の先輩で、一時期イヴのことを少し狙っていて、私たちは恵比寿周辺で3回ほど飲み会をしたことがあった。イヴは、結局夏木さんをオトコとして好きになることはなかったが、それでも注がれる彼の無条件な愛情に、未《いま》だに年に2、3度は甘えているようだった。

「そうだよ、5分に1回テキーラ全員分頼んでたら、みんな潰れてさ。お店のテキーラ全部飲み干しちゃったしね。その時、イヴとココはうちに泊まりにきたよね？　ルイちゃんは帰ったんだっけ？」

「私、その日、生理だったから、セーブして飲んでて、誰よりも冷静だったと思う。ココが一番潰れてた」

「そうだっけ？　でも泊まりに行って、トイレに籠城《ろうじょう》したのは覚えてる。ウケるね、合コンしてるのに誰1人持ち帰られず、てゆーか番号交換もしないで、女は女の家に泊まりに行き。オトコたちは確かさ、次の日、病欠とった人いたんじゃなかったっけ？」

「でもさ、だからあの集団って、結局、飲み会が毎回そんな感じで、うちら誰ともヤってないじゃない？　だから今でも普通に全員フェイスブックでも繋《つな》がってるし、連絡取り合えるし、別に久々に飲もう的な話になっても実現しようと思えばできるよね。誰かが面倒なことになってたら、ほかも疎遠になったりするじゃん。若かったし」

ルイちゃんが牧歌的なことを言うので、私は思わず少し意地悪な気持ちになり、付け加えた。

「うん、ヤったオトコとは結婚したら会いづらいだろうしね。でも、だから夏木さんたちとの記憶ってさ、すっごい楽しいとか戻りたいとか、過去の自分が羨《うらや》ましくなっちゃうような感じではないよね。騒いで楽しかったな、くらい」

「それは、ドロドロしつつ楽しい方が、続かない分、希少価値がある時間だからだよ」

ココがニジンスキーみたいなポーズで締めのひとことを言ったところで、私たちは個室のソファ席に座った。

「オトコが最終的にハマるのはギャンブルか恋愛だって書いてた本あったじゃん」

スパークリングワインで乾杯した直後にイヴが口火を切った。彼女は銀座にいた学生の頃から、客室乗務員の試験を何度も受けていた。小規模な会社や縁遠い外国の航空会社の試験に引っかかることはあったが、結局卒業を1年延ばしても、彼女が納得の行く、国内大手の内定はとりつけられなかった。今は弁護士事務所で、秘書をしながら、お金持ちの島根の実家からの仕送りももらい、芝大門のマンションで犬とわりと優雅に暮らしている。

「うん、女の社会学者のね」

「それで、昨日考えてたんだけどね、それって両方必要なんだろうと思うのよ」

「ギャンブルと女？」

　たまたま隣に座ったので、私はなんとなくイヴに相槌《あいづち》を打っていた。

「そう。で、女はね、買い物と恋愛。最終的にハマるのが。で、ギャンブルと買い物って違うじゃん。その本だとギャンブルと女が、攻略できない似たようなものだからどっちかにハマるみたいな書き方だった気がするけど、オトコにとって恋愛が買い物で、女にとって恋愛がギャンブルなんじゃないかと思うのよ。オトコはギャンブルの不確実性を楽しんで、恋愛に確かさを求める、女は買い物の確実性を楽しんで、恋愛にギャンブル性を求める、みたいな」

「それってイヴが、40代後半のオトコと付き合ってるからじゃないの？」

「おじい？　別れたよ。なんかね、結婚しないって言ってたのにしたがるようになったのと、脳梗塞になっちゃったのよ」

「え？　え？　別れたの？」

結婚と言う名の服を着て、この度オトコに確かさを提供することになったココが、割り込んできた。

「だって、年収2億円は惜しくない？」

「うーん、今の彼氏、新しい事務所の弁護士で年収は２０００万円にいかないくらいだと思うけど」

「それは勿論十分いいけどさ」

「でも、別に２０００万円なくても、１０００万円なくても、付き合ってたかもしれない」

「イヴらしくない」

「なんか2億円て結構途方もないじゃん。だから逆に、１０００万も２０００万も一緒になった。2億のオトコと寝たら、普通のサラリーマンに抱かれるの嫌になるよって昔ココが言ってたじゃん。そうはならなかったっていうか。４０００万円のオトコも８００万円のオトコも同じように見える」

「じゃあついに、年収のしがらみなくオトコの本質を見る目が肥えたってこと？」

私は、常に高飛車なイヴと純愛というのがどうもミスマッチな気がして、半分笑いながら聞き返した。イヴは何も、守銭奴的な性質を持ち合わせているわけではない。そもそも実家に帰れば巨大な家屋と裕福な親が喜んで彼女を迎え入れる。けれども、東京に固執するが故に、それなりにオトコに経済的な余裕を求めるところがあった。

彼女は特別美人というわけではないが、オジサン受けしそうな色白な童顔なのと、自分を高級に見せる技術に長《た》けている。自分で買ったバッグを、あたかも買ってもらったかのように見せたり、たまにはドンキの化粧品なんか使っていても目に見えるところだけは気をぬかなかったり、会話の端々に実家の名家っぷりを挟んできたり。

「別にそうでもないけど。結婚するわけじゃないし、一緒にいて楽しいのがいいとは思うけどね」

「結婚への距離感は相変わらずですか？」

ココが続けて畳み掛ける。

「高額な時給が出るならしてもいい。都議会でヤジ飛ばされる程度なら、耐える」

「私も別に結婚は考えてはないけど、今の彼氏貧乏だし出世しそうもないけど、純粋に好きだな」

運ばれてきたピザを誰より先に自分の取り皿に確保しながらルイちゃんが言った。

すかさず、ココがつっこむ。

「ルイちゃんの彼氏、お金持ちだったことなんてないじゃん」

「ルイちゃんは、顔と洋服で選んでるんでしょ？」

鞄からタバコを取り出しながら、私もココに乗っかって今度はルイちゃんを処刑台にあげた。けれども正直、ルイちゃんの彼氏を格好がいいとか思ったことはない。彼女が好きなのは、くるぶしより上までのパンツを穿《は》いているような、それでTシャツの上に不要なスカーフを巻いていて、慶應大学とかにいそうな植物みたいな男子であって、彼らは往々にして女性の存在を無視した顔をしている。

「ひどい。優しい人が好きだよ。でもイケメンじゃないと嫌。謙虚な不細工は友達にはなれるけど、ナルシスト不細工には殺意。オカネもらわないとご飯も食べられない」

「LINEってさ、なんか番号登録してあると、自動的に友達になってるじゃん」

頼んだ料理がすべて運ばれ、半分以上食べきったところで、私たちは2本目のスパークリングワインを頼んだ。1本目の最後の数センチを、グラスに注ごうとする店員を制して、ココは手酌で瓶を傾け、注ぎきったあたりで唐突に話を変えた。

「それでさ、友達だとタイムラインっていうの？　あの近況を写真付きで投稿するような画面が見えるじゃん。それが、昔の知り合いとか、あと初回で連絡先交換したホストとか、面白いんだよね」

「わかるわ。私もこの間、どこの誰かもわからないホストの、自分の人生をドラクエにたとえて、最終的に自殺を仄《ほの》めかす病んだ書き込みにげっそりした」

私もその会話にのってみた。私とココは、今でもたまに歌舞伎町に飲みにいく。イヴはもともと、オトコと飲むのにどうしてオカネ払うの？　という立ち位置で、飲みにこない。ルイちゃんは、たまに初回料金で遊びに来ても、好みのオトコがいないという理由で、指名することはめったにない。どれくらい滅多にかというと、最後に同伴指名で飲みに行ったのは6年前だ。

「そう、病んだ書き込みが多いの。『愛する者たちよ、死に賜《たま》え！』とか。一番笑ったのが、『誰か俺のためにソープいけーー！』っていうのなんだけど」

「私はね、『6時間連絡つかないだけで、売り掛け飛ぶ[20]って……人間ですか？』っていうやつ。人間だから6時間連絡待っちゃうんじゃんね」

「面白いよね、彼ら。ホス狂いも病んでる娘もいるけど、結構けろっとしてるじゃん。女のほうが絶対辛《つら》いのに、オトコが変になってるの見ると笑っちゃう。この間なんて、『この子と結婚します！』っていう世界一空気読まない現役ホストの投稿あったからね」

「でも彼ら若いじゃん。若いオトコの子ってピュアだから、そういう事件定期的に歌舞伎町でおこるよね、前にいたじゃん、引退するホストがラストイベントで、他の客もいるのに、タワーしてマイクで『子供が生まれます！　幸せです！』っていうさ、完全に結婚式かなんかと間違えたコメントを発してしまったという」

「いたじゃん、っていうか私が指名したことある人だからね、それ。ラスト行ってないけど。しかも名古屋かなんかに引っ込んで、それで離婚して、歌舞伎町に復活してるから。営業されたもん」

「銀座でもどこでもいるじゃん、お客さんと結婚した娘」

　ココが昔の担当ホストの痛いエピソードを披露し、２本目の瓶も半分くらいが空《あ》いたところで、ルイちゃんが会話に入ってきた。私とルイちゃんの友人で、バイトで銀座で働きながら、若くて高収入のコンサル男を捕まえて、沖縄に移住した子がいたので、彼女が誰を想像しているのかはすぐわかった。けれども女と男をなるべく均質化したがるルイちゃんの意見には同意しかねる。

「でもやっぱり稀《まれ》だよ。それか運命の出会いとか、そもそも旦那さん探して働いてたとか、そういう感じ。ココが言ったみたいにずぶずぶな感じはない。オトコの水商売のほうが、ドロドロしてるよ」

「それはさ、女の子って仕事以外にいろいろ顔があるじゃん。肩書だけでも、学生とか主婦とか彼女とかＯＬとか。別に、本職でも、趣味でそれこそルイちゃんとこみたいなヨガとか通ってそこで友達付き合いがあるとか。外界との繋がりがあるっていうか。仕事とは無関係の彼氏がいる娘が多いじゃん。オトコはさ、遊びにいくのも仕事仲間、女の子との付き合いも仕事関係、家と仕事の往復、たまにギャンブル・キャバクラくらいで、他の世界との接点保つのが下手《へた》だね」

「時間的拘束の問題？」

　ココが長々と語りだしたので、私もなんとなく会話を抜けづらくなって簡単な質問を投げかけた。

「いや、どんなに時間的拘束長くてもしようと思えばできるよ。で、ホストなんてギャンブル好きも多いし、仕事もギャンブルっぽいじゃん。それで、外界との繋がりとして彼女がいればいいけど、彼女まで仕事関係だとさ、トチ狂っちゃうよね」

「今、連絡とってるお客さんいる？」

イヴが急にデザートを選ぶ手を止めて全員に聞いた。イヴはいないのだという。ココは何人かボーイフレンド的に付き合いのある人がいる。ルイちゃんは、連絡はとってないけれど、今でもお店のママとは仲が良いので、ママつながりでごくたまに昔知っていたお客さんと同席することがある。私は、以前、皮膚科を紹介して欲しくて、美容外科だった医者に連絡をとったことがあるし、たまに共有できる笑いがあるとメールしてしまうお客さんがいる。

「正直さ、前はご飯食べに行ったら、同伴になって、指名も稼げて、何か買ってもらったり。ほんとに仕事だった人だとさ、別に人間的に嫌いじゃなくても、なんで何の得にもならないのに会わなきゃいけないの、とか思うんだよね」

さきほど、純愛宣言をした時よりも、余程イヴらしい意見だと思った。ココもそれには同意する。

「時間割《さ》くのはたしかにそうだね。でも私は仕事してないから時間あるのと、たまにいいところでご飯でも食べないと、上品な服買っても着てく場所ないとか。それに自分じゃいかない店だしね、値段ばっかり高くて」
「ココは絶対、フィッツジェラルドの嫁みたくなるよ」
「え、やめてよ。ウッディ・アレン夫妻だよ、うちが目指すのは」

デザートもなくなり、お酒の瓶も空いてしまった。はたから見れば、なんということない、30代前半のオンナたちの食事。特別外見に特徴があるわけでもなければ、特殊な職業の集まりでもない。それなりの過去はあるけれど、それくらいの事情は、どこの女子会にもあるだろう。

それでも、私たちには、絶対に死ぬまで捨てる気にならない自負がある。私たちの身体は、かつてオトコたちがひと月に何百万も使う価値があったことだ。私たちが注ぐお酒は、居酒屋のバイトが注ぐお酒の何倍も高くて、私たちに会うには、それだけでオカネがかかった。今、私たちの誰も、身体的価値に直接の投資は受けていない。それでも、自分の商品価値は、絶対に忘れない。マリリン・モンローほど美人でもなければ、笑いがとれるほどブスでもない。ライス元国務長官みたいな輝かしいキャリアも、ハンナ・アーレントみたいな才能も、ケネディ大使みたいな血筋もないけど、ヴィトンにクロエにトリーバーチは十分に手に入り、与えられ、期待されるアジェンダがあって、両親とも健在だ。そんなフツウな私たちだからこそ、フツウじゃない価値を持っていたことは重要だった。

「結婚式さ、別に普通にレストランでやるんだけどさ、受付とかいろいろ頼むわ、悪いけどさ」

トイレから帰ってきてなお顔の化粧崩れが気になるのか、コンパクトの鏡を覗《のぞ》きながらココが言った。私たちは4人とも、すでに1回や2回ではない数の結婚式で、受付やスピーチや二次会幹事を請け負った。これからもきっと、そういう無骨な役回りは減りはしない。結婚式の受付をやって、税金払って、ゴミを出して、会社の出勤簿提出して、おばあちゃんの車いす押して、どれも死ぬほどやりたくなかったし、100万円の価値だった頃の私たちには似つかわしくなかった。ココだってすぐに結婚生活なんて嫌になる。私だって会社なんて今すぐやめたい。ルイちゃんはイケメンなだけの彼氏に嫌気がさして、イヴはまた高収入オトコが懐かしくなる。

でも環境や周囲の扱いだけじゃなくて、私たちだって何かしらは変わってしまっているわけで、100万円の価値があった身体を抱えて、100万円の耐えられない軽さにニコニコしていた時代を回顧したところであの頃には戻らない。それでも美容にもオカネをかけ続けなくてはいけないし、仕事だって年相応の責任とかスキルとか気にしなきゃいけないし、親も大切にしなきゃいけないし、それはそれなりに可愛くて、でもマリリンより可愛くない私たちの、宿命だとも思った。

NOSの扉を開けると、まだ空気は生ぬるくて、大雨の翌日らしい湿気が気持ち悪い。

「そういえば安室奈美恵って再婚しないね」

ココが何気なく言って、私たちは4人それぞれ、タクシーを捕まえて都内に散った。

20―ホストクラブには売り掛けというシステムがあって、銀座の飲み屋と同じようにツケで飲み歩く女の子が多い。多くのホストは月末までに客が使った金額をそれぞれ次の月の初めの決められた日までに回収しなくてはならない。しかし、女の子もキャパオーバーの額を使ったり、ホストがなかば無理やり高額のボトルを注文したりするので、売り掛けを飛ぶ（払わない）といったトラブルは頻発する。また、色恋営業が常なホスト業界では、痴情のもつれから売り掛けを払わない／払えの駆け引きをしている、客と担当ホストもよく目にする。

9　歌舞伎丼の女王

午前2時、新宿歌舞伎町。バーの呼び込みが鬱陶《うっとう》しく、ついでに初夏のもわっとした匂いも鬱陶しい時間帯、店を閉めた後のホストと客が微妙な距離感で歩く姿もちらほら見える花道通り。そして、そんなものをかき分けて歩く女2人。それは私とレイコさん。かすうどんと肉食べ放題も捨てがたいが、本日は寿司と行きましょう。勿論こんな時間にやっている大衆的な場所ですが、寿司というとなんとなく心躍る日本人。腕を組んでスキップして「きづなすし」の門をくぐった。

レイコさんは私より少し年上の夜のオネエサンで、早々と歌舞伎町の女王の座を諦《あきら》めて、丸の内の女王、だとか汐留の女王、にもなりきれていない私なんかよりも、ホステス歴は勿論、歌舞伎町歴もずっと長い。その顔の広さは、うっかり一緒に初回とか行くと、必ず1人は、昔友達が指名してた！　とか、昔の担当の店のヘルプだった！　とかいうホストがいて、ちょっときまずいくらいである。顔が異様に丸顔だけれども身体は私よりずっと痩せていて、それでも二の腕と胸はちょっとムチムチしている、わりとおじさまを狂わせる肉体の持ち主だ。

なんだか女の子の知り合いも異様に幅広く、北関東で働くソープ嬢にもらった白いファー付きコートだとか、歌舞伎町の覗き部屋で働く元ストリッパーにもらった蛍光色のスカートだとか、五反田のおっぱいパブで働くギャルにもらったセシルのバッグだとかを身につけているので、ややファッション・センスに問題はありなのだが、本人特に気にしてないご様子。で、何より私ととっても体型が似ているので、服の貸し借りも気軽にできる珍しい友達だ。

「昨日もマミから3時間も電話があったのよ」

メニューすら開く間もなく、誰が聞いてもけだるそうに、レイコさんがつぶやく。最近の私とレイコさんの電話やＬＩＮＥのもっぱらの話題は、「メンヘラちゃんとモテ子ちゃん」である。私たちの言うメンヘラちゃんとは、相手の事情を一切考えずにいろいろな思惑を巡らせて、私たちには理解できない行動をとる女の子、モテ子ちゃんとは、自分の魅力に必要以上に自覚的で、いくらでも図々しくなれちゃう女の子。

そして当然この2つ、相性がいいのか結合しやすく、ハイブリッドちゃんも存在するわけ。

「ツカサくんの話だけで3時間！　寝不足のレイコさんに！　さすがハイブリッドちゃん！」

私はとりあえずメニューを開いて、調子よく相槌をうつ。マミさんとはレイコさんのまあまあ仲良しのホスト友達で、美容マニアで高い服マニアで、35歳現役泡姫、今の職場は遥《はる》か関西という人となりなのだが、最近、レイコさんと共通の知り合いである27歳のホスト・ツカサくんと微妙な恋仲になっており、それが甚《いた》く、いや、イタく、レイコさんを悩ませているのだ。背が170センチ近くあってレイコさんよりさらに細身で、美容マニアだけあって肌は20代のそれそのものだし、歯並びは美容歯科の看板のようだし、長い黒髪は枝毛の一本もない。しかしピンキーアンドダイアンのサイズ36を着ようとセオリーのサイズゼロを着ようとどこかがぶかっとしたちょっとガリガリに近い肉体に、小さな胸は、ソープ嬢としてはなんとなく色気が足りないような気もする。

「今週、マミは東京に来ててさ。地方に行っている間中、ツカサも毎日連絡して電話付き合ってんだから、こっち来た時くらい、お店に一回は顔出してあげればいいじゃない？　マミだって会いたいんだから。というか、行きたかったと思うのよね、マミ自身も。いつだったか、この間マミが東京に来てた時も、私があの店にちょっと顔出したい件があったから、あんたも行く？　って言って、やっと行ったの。あの子ってほんとにそういう流れじゃないと行かないの。私に誘われて渋々みたいな言い訳をつくりたいんだよ。自分ははまってません、みたいな。だから今回も、たぶん私がしつこく誘えば行ったんだろうけど、私行こうと思うタイミングなかったしさ、そこまで空気読む必要もないから誘わなかったの。でも今回の上京中、あの子、ツカサにカワノで靴買っててさ、誕生日だか記念日だか忘れたけど。それを渡すタイミングがないってまず怒ってるわけ。でもツカサもさすがに店にも来ないのに時間もつくらないじゃん？　仕事終わってから三田のマミの家まで行くっていったって結構手間じゃん？　私はツカサのが普通だと思うけど、マミ的にはありえない！　私がプレゼント用意しているのに！　と怒ってたんだけど、渡せないのも癪《しゃく》だったらしくて、店に持っていったんだって。で、そこからがありえないんだけど」

レイコさんがまくしたてるので、私はこそっと店員さんに、きづなすし名物「歌舞伎丼」を2つ頼んだ。私とレイコさんがここへ来たら、まず歌舞伎丼なんです。

「え、それで、店に飲みに行ったんじゃないんですか？」

会話を中断するのもなんなので、私はすかさず問いただした。会話を中断したくない気持ちが半分、本当にその後の展開が楽しみな気持ちが半分だった。

「聞いて驚け。そのカワノの靴の入った袋、たまたま内勤[21]が外してたキャッシャーに置いて、あの娘帰ってきたんだって。それでＬＩＮＥでツカサに、靴置いといたからって送ってさ。それでツカサが勿論すぐ電話かけたのに出ないの」

なるほどな、と私は思う。マミさんの頭の中では、ツカサくんにすがるような態度を見せた時点で、彼女の理想的な関係は終わってしまうのだ。飲みに行けば当然、オカネは払う。そうすることで勿論売れてないホストのツカサくんにとっては彼女はいいお客さんになっている。ツカサくんはマミさんを無下にできない。マミさんはツカサくんの態度を私に惚れてるかわいい奴と変換する。ツカサくんはマミさんをまた店に呼びたい。マミさんはどうして私に惚れてるオトコにお金払うの、と思う。

そんな、相手の都合を顧《かえり》みない、自分の魅力があらば空気を読む必要はない！　くらいは思っていそうな女の子たちを、モテ子だメンヘラだハイブリッド型だ、といって、私とレイコさんはディスる。歌舞伎丼が運ばれてきて、それに箸をぶっさしながらも、レイコさんと涼美さんのディスは続く。なんでって、楽しいのだ。私たちの変換能力の貧困さと、ハイブリッドちゃんの豊かな変換能力の差が。いつの間にか会話は、ホストの言葉と行動を、私たち流とモテ子流に変換するクイズになっていた。レイコさんがすかさずお題を出す。

「じゃあ例えば、イベント前日が店休だったとして、その日に担当が『デートしようよ』」

私はぱっと答える。

「『イベントで、シャンパンおろしてねー♥　もし来れなかったら後祝いでもいいや』」

「では、モテ子のマミ脳では？」

「んー。『大事な日の前の日だけど、俺はお金使うお客さんより、好きなお前を選ぶよ』かな？」

「甘い！『イベントで飲まなきゃいけないし、いろいろプレッシャーもあるから、好きな子の顔見ておきたい』！」

「やばい！　すごいなモテ子脳！」

「じゃあ、『今月俺がんばんないといけない月なんだ。今月逃したら、もうないと思うから』は？」

「『ちょっと今月やばいから、お前普段より店でお金使ってくれよな』！」

「はい、モテ子脳は？」

「『今月は仕事を優先するかもしれない、でも、だからあんまり会えなくても、お前のこと一番だってことは忘れるなよ♥』」

「あるいは、『今月ストレスたまるから沢山会いたいよ、俺の心を癒して』！」

歌舞伎丼は、他の海鮮丼と比べてお得で、その分、ご飯の上にのってる刺し身はとっても薄っぺらい。レイコさんも私もとっくに美味しい部分、楽しみな部分、素敵な部分は食べ終わってしまっている。毒を食らわば、と残ったコメを箸でぽろぽろ拾いながら話し続けた。

「若いギャルちゃんたちはしっかりホスト遊びを楽しんでいるねえ」

きづなすしの窓の外を、22歳位の風俗嬢っぽい女の子と、ホスト以外の何者でもない男の子が、腕を組んで歩くのを見ながらレイコさんがつぶやく。

私もレイコさんも、もっとずっと男の言葉や態度を、ピンク色の幸せに変換できた時期は確実にあった。トン、と肩を触られてドキッとして、言葉の端々に自分への想いを探した。そんな思い出があらばこそ、いまだにネオンだけは下品にキラキラ眩《まばゆ》いこの街に、居座ってしまうのだ。

でもそれなりに幻滅もしたし傷ついたりもした。男が私たちが思っているほど、女に興味がないことも見えてきた。私たちは、何度幻滅しても、自分色の変換能力を失わない彼女たちを、嘲笑するふりをしてやっかんでしまう。あんなふうにはもう思えないよな、と言いつつ羨ましくて仕様がない。

「ほんと、ハイブリッドちゃんって、プライドが高いんだから」

レイコさんの呟《つぶや》きが、なんだかレイコさん自身と私に向けられてるような気がして、歌舞伎丼を頼むと必ずついてくるお椀物の残りが微妙に酸っぱく感じたけど、それは気がつかない振りをして、モテ子ちゃんたちとホストくんたちをかき分けてコマ劇前にまわり、一番安いカラオケ歌広場でＭＩＳＩＡの『つつみ込むように…』を歌って夜を明かしたのだった。

21―プレーヤーではないホストクラブのスタッフのこと。営業中はツケ回しや会計、受付、案内などを受け持つ。

第3幕

夜が明けたら

10 モテないオトコは麦を食え

明治学院高校1年A組に在籍していた頃、マヤちゃんというダンス部（ダンス部というと、どの学校でも所謂モテ娘たちの巣窟と思われがちだけど、最近ものすごく骨太でさらに恰幅のいい仕事関係の知り合いがダンス部出身だということがわかって、ダンス部に対する好感度があがった）の女の子から、授業中に凝った形にルーズリーフを折った手紙がまわってきた。で、ワタクシが先週実家の書庫を漁《あさ》っていたら、15年の時を経てその手紙が発掘されたので、一部ご紹介しよう（個人情報保護に断固反対の涼美です）。

「アカギーのことは普通に好きなの！　でも、剛先輩はずっと憧れだったし、もし仲良くなれるならなりたいよう。番号は聞けたけど、ワンギリしか来たことないけど、今度かけてみたいよう。あーーーもう結局マヤが好きなのは誰なの？　アカギー？

剛先輩？　うわーーわけわかんない」

　ワードのMS明朝フォント12で打つとなんとも間抜けだが、マヤちゃんの名誉のために言っておくと、モテ娘らしいシールと手書き文字で書かれているので体感としてはそれほどまでにはイタくない。ちなみに冒頭に出てくるアカギというのは、別に麻雀の天才のあのオトコのことではなく、当時、私とマヤちゃんのクラスメートだった普通の男子生徒のことである。剛先輩は『東京ストリートニュース！』にたまに登場することもあった学校の先輩である。

　そもそも妄想体質の私は、「結局私はどっちが好きなの？」という悩みからは無縁で、その日ふっと時間が空いた時にぱっとアタマに浮かぶ顔が、うそ偽りなくその時好きな人、というタイプなので（ただそのアタマに浮かぶ顔が毎週変わることもあるので、結果的に1人の人を愛する喜び、とかとも無縁なんだけれども）、マヤちゃんの悩みは共感しがたかったりするのだが、とにかく彼女は当時、金髪に近い茶パツを長めに垂らした、やせ型でちょっと日焼けした剛先輩と、入学当初から仲の良いアカギとの間で、揺れる女心に悩まされていたようである。ありがちでどうでもいい女子高生の戯言《たわごと》である。

その後のマヤちゃんはと言えば、アカギとはなんとなく普通より仲の良い男女の友達、という立ち位置を変えないまま、剛先輩と交際を開始し、その相談にすら健気《けなげ》に乗っているアカギは当然マヤちゃんに淡い恋心を抱いているのが傍目《はため》にも明らかで……という少女漫画評論家が手を叩いて喜びそうな展開を地でいくこととなる。それで剛先輩の卒業とともにあっさり別れて、周囲としては、ついにアカギの時代到来か、という雰囲気がなくもなかったんだけど、結局マヤちゃんはその後、チャラチャラした明大生と付き合いだし、ヤラれまくって捨てられて、卒業式の後の飲み会ではちょこちょこ泣きながらその彼との思い出を語っていた。アカギはまだ燃えたぎっていたらしい恋心を胃の中に隠して、その話を聞いていた。

当然、アカギと仲の良かった女子集団に加え、クラスの中でもいかにもモテなさそうな女子たちの間では、マヤちゃんの悪口は絶えなかった。あの子絶対アカギの気持ち知ってて利用してるよ、とかそんなやつ。マヤちゃんがアカギの恋心に自覚的だったのか、本当に気づいていなかったのか、なんてことはわからないし、憶測を巡らせるだけ無駄なので、この際どうでもいいのだ（気づいていただろうけど）。ただし、マヤちゃんは利用している、というのはどうもマヤちゃんの本質を言い得ていない。マヤちゃんはただ、落ちている親切を拾っていただけなのである。いいじゃん別に、モテるんだから。彼女だって、授業中にルーズリーフに書きなぐるくらいは彼に好意をもっていたわけだし、自分がそこそこ好きなオトコが、自分のために親身になってくれる状況を、みすみす捨てるのは阿呆だろう。

しかし、その後15年近くの時を経て考えるに、その少女漫画プロット、というのが、女子高生時代を過ぎ、女子大生時代を過ぎ、大人のオンナになってもなお、私たちの周りにこびりついているのである。気づけば世の中のオトコというのは、オンナ「が」好きになる人と、オンナ「を」好きになる人の2通りしかいなくて、つまり世界は憧れの剛先輩と都合の良いアカギで出来ていたのである。

先週、友達、と言っても5つも年上のオネエサンなのだが、ハナさん、という人から久しぶりに連絡がきたので、私は骨折した足をひきずりながら新宿区役所裏のルノアールまで出向き、なんやかやと彼女の近況報告と自慢と悩みを聞いてきた。ちなみにこのオネエサン、さすがに今は座って接客しているものの、ポールダンサーやキャバレーの踊り子経験もある、いわゆる芸達者な夜のオネエサンである。踊り子時代から一切劣化していない、しなやかな細い身体を、お嬢様風のワンピースで包んで、相変わらずのハスキーボイスで、彼女は現在の2人のオトコについて語った。

ハナさんはつい先日、ナギサくんという28歳のホストと同棲を始めた。このナギサくんというのは、もともとは福岡でホストをしていて、一度恋愛に没頭してホストをあがってから、3年のブランクを経て歌舞伎町の老舗で働き出し、移籍後もうすぐ2年という人となり。今の店ではまったく売れていなくて、いい年して寮からも独立できず、お給料も短大卒のOLの方が若干いいんじゃないか、くらいの額だという。ハナさんは、たまたま友達の担当ホストが移籍したというので、初回でその老舗を訪れた。ナギサくんは、ハナさんを見た途端、こんな綺麗なオネエサン見たことない！と食い付き（営業）、次の日にはさっそくご飯を食べに行き（店外）、その帰りにホテルでセックスして（枕）、付き合うことになった（育て）。タコ部屋生活を気の毒に思ったハナさんは、大久保の自分のマンションに彼を招き入れ、同棲生活がスタート。彼は、「今本当に売れていないから、お店にたまには遊びに来て助けてほしい」というような内容を、3回くらい洗濯して漂白した言葉でハナさんに言っているようだが（カッコ内は私の翻訳）、ハナさん的には「お店のみんなに彼女って紹介されるのが恥ずかしいから行きたくない」

ナギサくんと結婚するのはやぶさかではないの、とハナさんは言う。しかし、ハナさんには忘れられないオトコがいるのだ。池袋のホストクラブでやとわれ代表をつとめる33歳のタカギさんである。タカギさんは、初めて本気で好きになった人で、初めて本気でセックスでイカセてくれた人で、もう5年の付き合いである。「彼とは信頼できる間柄」であるが、ハナさんは、自分の店を持つまでは誰とも付き合わない、という彼のポリシーも大切にしている。彼は、もう年だし好きな女にしか連絡しないと言い（営業）、年に1、2回店が休みでもハナさんとの時間をつくり（店外）、遊んだ帰りには彼女の家に泊まり（枕）、別に高額を使わなくてもいいから隣に座るのはやっぱりお前がいいと甘える（育て）。もう35歳を過ぎたし、夜遊びはそんなに楽しくなくなった、というハナさんだが、「本気で好きな人のことは応援してあげたいし、他のお客さんにどんな営業をしているかも気になるから、お店には時々行っている」。

ハナさんは、揺れている。自分のことを好き（と思ってるのは彼女自身だけなのだけど）で、自分もそれなりに好感が持てるナギサくんと、自分が本気で好きになったタカギさんの間で。ナギサくんは、自分が先に帰ればお風呂を用意してくれていて、休みの日には洗濯してくれて、愛してくれて、優しくてかわいい。タカギさんは憧れだけれども、彼女に対して無償の何かを与えてくれはしない。でもおそらく、というか絶対に、ナギサくんの営業が実を結ぶ日も、育てが花開く日も来ないであろう。でも、ハナさんはナギサくんに対しておもいやりを持っていて、きっと彼を捨てることはしない。自分がそこそこ好きなオトコが親切にしているのを、自らかなぐり捨てるなんて阿呆だから。

憧れの剛先輩は、マヤちゃん以外にも実は仲が良い他校のオンナがいて、でもそれも仕方ないと思えるほどお洒落で格好よかった。マヤちゃんは剛先輩のためにお弁当を作り、剛先輩はそのかわりに、マヤちゃんが行ったことがない場所や聞いたことがない音楽を紹介してくれた。アカギはマヤちゃんへの恋心から、彼女が望むシチュエーションをつくり、彼女が望む言葉をかけ、彼女のほしいものを用意した。少女漫画では、憧れで手に入りきらない剛先輩と、自分を無条件に包み込んでくれるアカギは人間性から考えていることから目的まで、全く異質の存在として描き分けられる。

しかし、同じ職業で同じような営業をかけて同じような目的を持っていても、ナギサくんはアカギで、タカギさんは剛先輩なのである。かたや努力むなしく給料は来月も短大卒のＯＬ程度のもので、かたやしっかり財をなし、オーナーになる日も近いであろう。世界は2種類のオトコでできている。オンナ「を」好きになる（とオンナに思わせる）オトコと、オンナ「が」好きになる（とオンナに思わせる）オトコ。そして前者が一生損し続ける陰で、後者は得をし続ける。オンナの手にかかれば、ホストの営業ですら、「あら私のことが好きなの？　それでは私もちょっぴりあなたを必要としてあげる」と解釈されるし、オンナの手にかかれば、ホストの枕ですら「初めて自分が愛せる人とセックスして、身体の底からオルガズムを感じられた」と解釈される。

　明治学院はプロテスタントの学校であった。求めるのでなく、与えることに喜びを感じてこそ人生が豊かになる、と寝言めいたことを教えられた。無条件に無償の愛（に見える何か）を注ぎ続けるのも考えものである。少なくとも相手のオンナの子が、空気を読んでその愛に見える何かの健気さを汲《く》み取る慈悲を身につけるまでは。

11　下着にまつわるエトセトラ

この世界で生きている以上、自分が求めようが求めまいが裸にならなければいけない瞬間というのがあって、それは人によって就職活動の面接でまったく予想外の質問をされた時であったり、病院のMRI検査であったり、言葉を失うほど恋と嫉妬に溺《おぼ》れた時であったり、AVやヌードグラビアの撮影であったり、まあ脱ぐものが具体的な衣類であるか抽象的な外殻であるかも含めてそれぞれなのだが、多くの女が女だからこそ具体的な意味でも抽象的な意味でも心して脱がねばならぬ瞬間がセックスの前である。

しかしこれもまたこの社会に生きている以上、服や鎧《よろい》を纏《まと》って余所《よそ》行きの顔を保ち、世間にたいしてなんら恥ずべきことのない姿と、一糸纏わぬ裸の私、との間には途中経過段階が存在し、最近私はその中間地点、冷静と情熱の間、砕いて言えば下着姿についてとても中途半端な立ち位置にストレスを感じているんですね。

スピードが重視される世の中であっても、セーラームーン以外の女子の多くは、服から裸へ、自然もしくは魔法の力では到達できぬ。男もしくは自分の手がモタモタとジャケットを腕から剝がし、セーターに首をくぐらせ、シャツのボタンを外して、ゆっくりと、確実にその下着が外の世界に露呈していく。確かに性癖によってはあるべき下着が存在しないことに興奮する場合もなくはなかろう。ただしそれは少なくともお互いの性癖を確認するくらいの仲の男女間のこと。そんなに知りもしない女の服脱がしてノーブラノーパンだったらやはりあんまり女としては喜ばしくない勘違いもされそうだし、下着はあるという前提で話を進めさせてもらう。

で、それこそもう下着を気にする余裕もないほど男が私たち女の子の肉体的、もしくは内面的魅力に釘付けであったり、性的興奮状態であったりすることが一番望ましいのだが、或いは下着に目がいかないほど、私たちの身体的特徴が特徴的である、つまり爆乳スイカちゃんであるとか、信じられない位汗かいてるとか、すんごい昇り竜が肌を駆け巡っているとか、『パルプ・フィクション』に出てくるプッシャーの嫁さんみたいに身体中金属だらけだとか、そういうことがあればまた別なのだが、私たちの多くはそれほどまでには肉体の表面に特徴がないので、まぁ下着に多少は殿方の目が行くということになる。

そんな事情により、どんな百貨店にもファッションビルにも下着売り場やショップが堂々と店を構え、多くのブティックが下着ラインを展開し、え、この面積で？　と桁《けた》を数え直したくなる値段でブラジャーやらパンツやらコルセットやらガーターやらが販売されている。私もシルクやレースで色とりどりのそれらに心惹《ひ》かれ、財布の紐はゆるみっぱなし、これを着けたらなんだかすごくいい女になる気がする！　と、服と同じもしくはそれ以上の情熱とお金を下着に注いで……いました。昔は。

しかしまぁ、それなりにいろんな下着を買い揃えたり、すごくオサレな下着つけた自分に自室でうっとりしたり、そういった経験を経て、シルクでレースで色とりどりを身につけたところで、もちろん突然いい女になるわけでもない、ということも悟り、てゆーか日々のほとんどの時間見えなくね？　という根源的なことに気づいた時に、女は結構戸惑うものなのだ。30歳一人暮らしの私なんかは大いに戸惑っている。

それに、そもそも下着ほど、オサレ感と着心地が反比例するものってない。Tバック、チャーム付き、ヒモ付き、総レース。はい、どれも可愛いです。しかしこれは加齢と関係があるのか、何かしらの悟りと関係があるのか、特別な理由もなくそれらを身につけるなんていうことは、しない、というかむしろ不可能、痛いし寒いしトイレ近くなるし！　となって久しい。かといって、女としての土俵にて、達観しきっているわけでもないアラサープリチーギャルとしては、まぁ少し面積大きめの、申し訳程度にレースがついてるとか、素材がツルツルしてるとか、そういった「ギリギリアンダーウェア」にしがみついているわけです。

そんな、KAT-TUNじゃないのにギリギリでいつも生きてる私なんだけど、先日、私が東京の姉と慕うマコねえさんと電話していて1つの気づきに至った。ねえさんは女特有の下着アンビバレンツ（美しくもありたいし、らくちんでもありたい）等どこ吹く風、下着については確固たる意志とプライドに基づいて選別をしていたのである。ねえさんは電話をしながら器用にもＬＩＮＥを使って私に写真を送ってきた。

キャプションに「これは普段穿くべきパンツです」とある。見ればゴムも伸びきったような、オマタの部分からお腹《なか》のゴムまでが異様に距離のある、木綿のパンツが写っている。ねえさんが電話口でまくしたてたことを、私のふわっとした記憶力とふわっとした要約力でまとめると要はこういうことだ。

「はい、木綿は肌に優しく、腹までゆるやかに包み込むフォルムは腰を冷やしたりしない。金属や紐が食い込んで皮膚を痛めることもない。何より着心地・脱ぎやすさ／穿きやすさにおいて、これを上回るものなどあろうか」

たしかに。しかしそれは私もわかっている、20代のギャルたちも多分わかっている、そして実家に帰れば母がしつこく言うようなことである。ねえさんの説明は続く。

「何よりあなたはこれまで、身や心すべてを捧げてもいい相手、魂をぶつかり合えるような相手、ナンバーワンにならなくてもいい世界に1つだけの花と言えるような相手とばかり、肌を重ねてきたと言えるか。それほど気にも留めない相手と、うっかり下着を見せ合い、それ以上のものも見せ合うような状況を繰り返してきてはいないか。繰り返すとまでは言わないけど、たまに、うーん無駄撃ち、くらいのことはなかったと言えるか。そうやって安売りすることで女としての価値を無駄にしたことは一度もなかったか。教えよう。この下着をつけていることが、いかにあなたの女の価値を高めるか。私がこれを身につけている時、20歳で一重のピチピチ平成男子が横を通り過ぎたとする。しかし私の腹回りには、ばばあパンツが確固とした存在感を放っている。当然私にもばばあパンツを20歳男子に見せたくないという羞恥心がある。結果、まだ魂をぶつけ合うほどの仲でもないその平成男子を、私は黙ってやり過ごすだろう。それだけならただ身持ちを堅くすればいいと思うかもしれない。では万が一、その20歳とは初めて会ったにも拘わらず、魂をぶつけ合ってもいいかもしんないとか思うほど惜しくなり、それでは、とホテルに入ったとする。しかし私のおしりは、ばばあパンツに包まれている。どうするか。下着を人に見られずに肌からはぎ取る方法、シャワーである。ばばあパンツでホテルに入ってしまった際、女はシャワーに向かうのである。これが清潔感といった点でも、人としての丁寧さといった点でも、いかに女の価値を上げるか、想像できるだろう。結果的に確固とした貞操観念と、それが時々解《ほぐ》れた場合でも、きちんと身体の臭いや汚れを落とす常識を兼ね揃えた女が完成するのだ」

まず20歳のオトコとすれ違ったところで、向こうの意志とは無関係にホテルまで行くことになるのか、そのあたりはどうなのかとつっこみたくなる気持ちでいっぱいなのだが、ねえさんの送ってくれた写真をパソコンの画面で凝視しながら、どことなく懐かしい気持ちにもなったのである。

これはブルセラで人気だった清純派パンツの変形だわ！

私は女子高生の頃、パンツを脱いでは売り、パンツを脱いでは売っていた。そういったブルセラショップで重宝されたのは、Tバックでも紐パンツでもなく、原価が安く汚れが目立ち、何より子供らしさを失いきっていないような、木綿の大きめのパンツだったのだ。ああ、30歳になって、17歳の黒歴史パンツが、女としての最終的な正解だと気付かされるとは！

私は毎日化粧をしてアクセをつけて香水をつけて、本を抱えてパソコンを抱えて履歴書を抱えて、愛されもしたいし尊敬もされたいと、単純で複雑な欲望ではちきれそうだった。女としての価値をなんとか物質に落として、分裂を繰り返してきたの。いいじゃない、どちらかを極めた結果、捨てたはずの価値がいつのまにか手の中にあることだってある。ねえさんすごい！

私がなんとなく感慨深い気分になり、「そうか、綿のパンツよ、戻ってきたのか」と、わかった次の土曜日、イトーヨーカドーあたりで、久しぶりにお前に再会しにいこうか、とひとりごちていると、畳み掛けるようにねえさんからもう一枚の写真が届いた。

「シャワーを浴びた後に、臨時的に穿くために持ち歩くように。かさばらないし、汚れ目立たないのでクラッチバッグにも入るよ？」

ほとんどクリトリスしか隠れないふりきれたTバックに、結局ねえさんの分裂も見たのである。

12 寺山修司も澁澤龍彦も鈴木いづみも墓の中だし

母の父、つまり私の祖父は地元では名の知れた料亭の末っ子長男として生まれ、妻、つまり私の祖母に女将《おかみ》を任せながら自分は別の事業で成功した、大学も出ていない恰幅のいいオトコだった。母はよく自分の生家を、自虐のネタにして私に話す。「弟と夕飯を食べる横では芸者たちが別の芸者の悪口を大声で言いながら化粧を直し、宿題に取り掛かろうとすると酔った客がおばあちゃんを口説きながら廊下を歩いて行ったものです」

だからといって母はお洒落なマンションで洋風のエプロンをつけっぱなしにして、

紅茶やらクッキーやらを私は子供の奴隷ですと言わんばかりに運び続け、車で子供を塾に送ったついでに成城石井でラザニアを買うような人生を選びとるほど趣味とアタマが悪くもなかった。私は幸いにして共働きの忙しい両親の子として育てられたし、母は重要なところでしっかり大きな仕事をして、子育てと子供の成功だけを自己実現と見紛《みまが》うようなうっかりしたところはなかった。

それでも、家で用意されるご飯が、インドで買ってきたスパイスを調合したカレーだったり、ムール貝の量が異様に多いブイヤベースだったりすることは、或いは家の出窓に不安定に飾られているのがベネチアの雑貨屋で買ったお面だったり、最初に私に買い与えた本がマックロスキー『すばらしいとき』だったりすることは、少なくとも彼女にとっては、自分が育った環境と、私を育てる環境を差異化する重要なファクトだったに違いない。

母からは、今でも突如電話がかかってくる。それでも、私が20代をかけあがると同時に、彼女としても随分と私を気遣うようになって、頻度はぐっと減った。私はそれを寂しいと思うよりも、別にもしかしたら生涯をともに過ごすようなオトコとデートしているわけでも、生涯をかけて取り組むべき作品に着手しているわけでもないのに、気なんて遣ってもらっちゃってごめんね、という気分になる。

東大の修士にいた頃、私は港区の外れで友人と2人暮らしをしていた。学校がない日に、夕方からの仕事に間に合うようお昼すぎに起きて、ぼやぼやテレビを見ながら身支度をしていると、今よりずっとしょっちゅう、母から電話がかかってきた。その日も、私はシャワーを浴びた後、とりあえず適当なワンピースを着て、ビチョビチョの髪を放置したまま、友人がTSUTAYAで借りてきた『デスパレートな妻たち』のDVDを見ながら電話に出た。「一昨日《おととい》さ、あなたがうちに来た時に脱ぎ捨てていった、丈の長い夏用のワンピース、あれ私が着たらぴったりだわ」

「デュラスのマキシワンピのこと？」

「何、デュラスって。ベージュで、上を結ぶみたいな形の」

「うん、だから109ブランドのホルターネックのマキシワンピでしょ？　私、若干きついから、ママが着ていいよ。でも109だよ」

「家で着るぶんにはいいけど、やっぱり胸の部分が開きすぎかな。あなたの服の中では、ましな方だと思うけど」

私の知人の50代の女性で、病室のベッドで今まさに死のうとしてるくらいの状況の母親から、「かずこさん、目元のシワが」と突拍子もない文句を聞いて泣き笑いしながら見送った、という人がいたのだけど、私はなんとなくそのことを思い出しながら、電話に出た。

「25歳になってまだ服装の注意されるのか」

「あなたの服って、あなたの本質を見たいとか、思想を知りたいと思っている人をわざわざ周りから排除して、あなたの複雑さには興味がない、表面だけを舐《な》めまわしたい男だけを吸い寄せる服って感じ」

「私、意外と痴漢とかはされないんだけどね」

その時私がとりあえず羽織っていたワンピースは、黒いポリエステル素材で、胸元が深くえぐれたカシュクールになっており、ギャザーでウエストの出っ張りが気にならない、私の体型に打ってつけのものだった。銀座でゆるゆると水商売の真似事をする夜は、大抵は私服に毛の生えたような、ちょうどそんな服で出かけた。別にどうしても着たい服も、どうしても服でアピールしなければいけない主張も、その頃にはすでに私になかった。

高校時代は、おかしな格好も男ウケしなそうな服も、ギャルという記号の上で遊びながら身につけることができた。読んでいる雑誌が『ポップティーン』で買い物をする場所が109なのであれば、どんなにコーディネートに気合が入っていなくても、女子高生というレッテルを正々堂々と自分自身に貼り付けて道を歩けた。可愛らしさや自分らしさやセンスなんていうものは全部二の次で、どんなジャンルに属しているかが、私たちが私たちとして楽しむのに、最も重要なことだった。

「痴漢されるかどうかではなく。要するにスラッティーだってことだよ。やれそうに見える。で、いい男の視線は拒絶する」

「ママの大学生の頃の写真見ると、逆の意味でいい男の視線を拒絶してる感じだったけど。眉毛《まゆげ》全部そったりさ。髪金髪だったり」

「それは言えてる。今のアナタのほうがモテるとは思うよ。でも、男の視線に迎合したり、大衆受けするっていうこと自体が、ものすごく馬鹿にされる時代だったのよ」

　母は私の出た大学と同じくらいの偏差値の大学に在籍していたが、2年間は休学して芝居に専念していたという。私は100人中77人くらいに、顔がお母さんに似ていればすごく美人だったのにね、と言われるくらいに父親似で、それはどうでもいいんだけど、要するに母は私よりずっと美人顔で、しかしそれなりの反骨精神の持ち主であり、小金持ちの出自や美人の顔にさえ反抗して、貧乏な劇団員に身を投じたのだと思う。母らしい青春時代である。と、同時に、芝居ってとこがいかにも70年代である。

「私とかが高校の時ってギャル全盛期だったからさ、奇抜な服を着てるのが、ママの時代と全然違うメンタリティだったんだよね。何も社会的に普通、みたいなところに否を申し立てたいわけじゃなくてさ、時代を謳歌《おうか》してるのをアピールしたかっただけでさ。みんなが思ってる女子高生でギャルな楽しい生活を、私はまさに体現してる、私がまさにその時代の張本人だよ！　みたいな。でも別に今、そんな必死なアピールが必要なほど世間は私たちに興味ないしね。『CanCam』が80万部も売れてるんだからね、今は。万人受けしないほうが、ダサいとか思われるんじゃない」

母が別に私につまらない CanCam 女子になってほしいわけでないのはわかっていた。眉毛を全剃りしていたオンナである。私は火の付いたタバコを手に、灰皿を探してキッチンの方まで歩きながら、電話を続けた。リビングの端に置いていた棚には、おそらく友人の昨日着ていたサロペットが無残にひっかかり、今朝つけて出かけたであろう香水が、蓋《ふた》の外れたまま横になって置いてあった。一緒に住んでいた私の友人もまた、元ギャルの24歳で、そのころもちぐはぐながらもギャルの残骸を身体に貼り付けて会社員をしていた。20代前半の女子が2人で暮らしている部屋は、もう計算出来ないほどの量の価値で溢れかえっている。母にCanCamの説明をしながら、ようやく灰皿を見つけて部屋を見渡すと、アクオスのテレビにジミーチュウの靴に、ヴィトンのバッグにDVDの山、食べかけのたけのこの里、免税店の袋、開けてない化粧品が次々に目に入ってくる。

私も同居人も、高校生の頃はオカネがいくらあっても足りなかった。私たちを飾るものはいろいろとオカネがかかったし、逆にオカネがあれば欲しいものの9割は手に入った。それから私たちはいくつかの稼ぐ術《すべ》を覚えて、高校時代に買えなかったものもほとんどすべて手に入れた。シャネルのマトラッセとかヴェルニのベッドフォードとか、クレ・ド・ポーのファンデとか、その程度のものではあったが。手に入れてしまえば騒ぐほどのことでもない、むしろオカネの一番楽しい使い道がなんなのか、測りかねている、そんな年頃だった。

「CanCamで思い出した。この間、講師やってる大学の学生がさ、学園祭にエビちゃんが来るエビちゃんが来るって言うから、私てっきり海老蔵が来ると思うじゃん、それで詳しく聞いたら、なんかCanCamのモデルなんでしょ?」

「そうだよ、海老蔵のことエビちゃんなんて言わないよ」

「それでそれを教えてくれた女の子たちがみんな揃ってCanCam風だったりしてさ。なんかやっぱり可哀想、というかちょっとつまんないとも思うわ。あなたよりちょっと年下だよね。あなたの雰囲気ともまた違う。みんないい子」

「ちょっと下っていうか、19歳、20歳の女子大生から見れば25歳なんてオバサンと言って、もはやメールにハートマークつけるだけでイタがられる」

「うん、今の19歳くらいの子って、やっぱり服が合理的に見えるな。私のあの金髪って、合理性がゼロだったわけよ。眉毛も染めるか、あるいは私みたいに全部剃るかしないといけないし。すぐ根本は黒くなって毛先は傷んで、世間体も悪いし」

「ママの世代は、激しさとか無頼とかが格好よかったんでしょ、でもそのわりには私にはさ、わりと保守的なこと言ってくるよね」

私は灰皿とシリアルの箱を持ってリビングに戻り、床に座ってちゃぶ台にのっていた化粧品をかきわけて、スペースをつくった。当然朝ごはんは食べない主義だったが、朝はお腹が空《す》くのも事実で、チキンラーメンお湯なし、であるとか、シリアル牛乳なし、はよく口にした。シリアルをぼりぼり食べながら、流しっぱなしになっていたDVDを電源ごと消した。テレビを消すと、テレビの横にある背の低い本棚に並ぶ背表紙が目立ちだす。当時、私と友人がよく買っていた雑誌は『SCawaii!』と『小悪魔ageha』だったが、ところどころに『ViVi』や『CanCam』も置いてあった。母が思っているよりも、私はちゃんと使い分けていたと思う。銀座に行く格好で本郷には行かないし、学校に行く格好で飲み会には行かないし。

「CanCam女子は、彼氏のお母さんにまで好かれそう。あなたの服は嫌われそう」

「まあいいんだけど、服の話は」

「服の話じゃなくてさ、保守的なつもりはないけど、そりゃあんた、破滅的に生きた芸術家は話のねたには面白いし、カリスマ性はあるかもしれないけど、じゃあ自分の娘に、病気持ちのサックス奏者と首を絞め合うような恋愛に没頭したあげく、ストッキングで首をつるような人生を送ってほしいわけないでしょうよ。それだったら、CanCamのワンピース着て、平凡な男の人の帰りを待ちつつセーター編んでる人生のほうがまだ安心できるわよ」

「嘘。ママは私が、例えば清泉女学院にそのままいて、女子大出て、銀行の受付やって、その銀行の平凡な男と結婚して味噌汁つくってセーター編んでたら、つまんないやつめ、とか思うんだよ」

「極端だし、私はあなたのことは誇りに思ってる。でも若い男なんて平凡なものだよ、少なくとも私は、男は女以上に、『男になる』生き物だと思ってる。守るべきものを見つけてから非凡さを発揮するし、成熟するし、魅力的になる。もちろん退屈なまま終わる男もいるけど。だから、現在平凡でどこにでもいそうでも、後々非凡になるタネを持った男を見抜かないと。平凡は嫌、退屈は嫌、と思ってたら見紛うよ。それでさ、そういう魅力的にこれからなっていく、未成熟な男は、あなたの谷間とシャネルの香水で逃げ出しちゃうかもよ。寄ってくるのはせいぜいストップ高の男だけでさ」

「ママはじゃあ眉毛剃りながら、平凡に見える男でもいいとか思ってた？」

「思ってなかったね。だから私の言いたいことはわかんないと思うし、だいたい私の言うことなんて聞かないだろうし、聞かないでいいと思う。でも、眉毛剃ってた時も、なんか表面のわかりやすいところじゃなくて、わかりにくいところを見て欲しいと思ってたよね、男には」

母がなんとなく熱っぽくなってきたので、私はシリアルを食べる手を止め、ＤＶＤ

プレーヤーの電源を入れなおして、『デスパレートな妻たち』を見たところまで早戻しして一時停止にした。私は母が思っているより高度に分裂している、と思っていた。表面的なところだけを愛してくれるオトコと、表面的でないところだけを愛してくれるオトコを、両方手に入れられると思っていたし、彼らがそれぞれ退屈ではない何かを与えてくれる、与えて欲しいと思っていた。

「ママが芝居を見たりやったりしてさ、変な格好して、小難しい本を読んでた頃とはたしかに違うね。私たちはそれよりは全然現実的にならないといけないもん。ふらふら演劇なんてやってたら、就活時期逃しちゃうし」

「まあ私はさ、あなたが売春婦として最終的に神泉あたりで殺されちゃうほど愚かじゃないって知ってるし、CanCam な価値観を鵜呑《うの》みにしたり、就活のエントリーシートを書くのに、大学の論文を書く以上のエネルギーを投じたりするほど馬鹿じゃないって知ってるから、いいんだけどさ。でもやっぱりちょっとは心配だよ、あなたの今の生活。若さって、確かに70年代のあの若さとは異質なところもあるけど、同じようなところもあるから」

「ママの世代ほど、専業主婦になることへの恐怖、みたいなのはないから大丈夫」

「でもやっぱりあなたも、恵まれた生活にちょっと退屈して、恵まれない女に憧れてる節はあるよ。私は恵まれて育ったけど、横を酔ったおじさんがふらふら歩いている環境だったから、あなたよりはわかってるはずだよ、その隔たりが」

私は、母のこういう物言いが嫌いだった。その頃の私は、31歳になった今よりずっと不安で、私が何者でもなかったらどうしよう、私のことを愛してくれるオトコが何者でもなかったらどうしようと宣《のたま》っていた。母よりも私の分裂のほうが複雑だと思いたかった。だって私は祖父の家で、政治家やら地元のビルのオーナーやらが下品な酒を飲んでいる横を走り回って迎える正月が好きだったし、かといって私自身の生家で、ジジェクとかエッツとかの間を走り回って迎える朝を否定することで、人生を再構築する気にもならなかったから。私は両方に引き裂かれながら生きていくのが、苦しくて楽しくて最高だと思っていた。

その後、母と電話で何を話したか覚えていないが、多分もっと生活感溢れる話をして（たぶん次に実家に帰る時に前に貸した時計を返して、とか、おばあちゃんの入院している病院に行く時にのど飴を持って行って、とかそんなこと）、私は若干早く電話を切りたくて、忙しい振りをして切った気がする。それからきっと中途半端に乾いてしまった髪にセット用のスプレーをして適当に巻いて、化粧をして、銀座に行った。

祖父は、祖父が築いたものをシンプルに愛《め》でる私を、彼が母を愛したやり方よりもっとわかりやすい形で愛してくれた。でも一昨年、祖父が亡くなった時に、「私のこと誰より理解して、誰より味方してくれた人が死んじゃったよ」と言っていた母を見て、母の母なりの引き裂かれ方は、私の私なりの引き裂かれ方と、ちょっと似ていたのかもしれないとも思った。

13
飽きっぽい女は世界を救う?

昔テレビで歌手のフェイレイさんが、「私、部屋の片付けとかって苦手だけど、柔軟剤だけはすごく凝るの」的なことを言っていて、当時まだ10代で実家暮らしだった私は、1人暮らししたら絶対柔軟剤だけには凝ってやる、と思ったんですが、いざ19

歳の終わり頃から1人暮らしを始めて、結局たしかに柔軟剤は今でもそれなりにそれなりのこだわりをもって選んではいるものの、私がフェイレイの言葉のどこを多分に真似しているのかというと「柔軟剤に凝る」というところではなくて、「柔軟剤だけに凝る」というところで、つまり柔軟剤以外には何も凝らない私の部屋は何度引っ越しをしても常に頗《すこぶ》る汚い。そして人に部屋の有り様を聞かれれば堂々と答えることにしている。私、柔軟剤だけにはすごく凝るの。

そんなこともあって、私がまあまあ慕うマコねえさんが何故か今月初めに、妹分のだらしない生活に危機感をおぼえたのか、3日連続で私の家の掃除に訪れた。現在の私の城というのは麻布エリアの一角に堂々と立つマンションにあり、でもオカネなんてないので30歳には不相応に手狭な部屋で、でも狭っ苦しいところでごろごろするのが好きな私は、部屋と部屋にいる自分をわりと素直に愛しながら生活している。私の部屋の概要を、先日泊まりに来た友人が器用に言葉に表していたので紹介しようか。

「人間て外ではいくらでも取り繕うことができるのね、と感心してしまうよ」。

そんな柔軟剤以外は何も凝らない私の部屋に、当初は尻込みしていたものの、それなりに意志をもって掃除を始めてくれていたねえさんだが、次第に私の部屋の奥深さと根深さに嫌気を感じたのか、「もう、売れるものと捨てるものだけ引っ張りだしていく方式に変える」と、方針転換を発表し、とりあえず大量の段ボールに入った私の服やバッグを選別する作業に着手した。私は、見たくないものが露呈したり、忘れるべきものが思い出されたりする、という理由以外にも、面倒くさいし手が汚れるので掃除は大嫌いだが、段ボールや紙袋を開けて、バッグの中にくちゃくちゃに入っている千円札を見つけてはしゃいだり、持っているのを忘れていたマンガ本に読みふけったりする行為自体は好きなので、積極的に参加。結果、特大紙袋6杯の服をゴミ置き場に運び、キャリーケース2杯をブックオフやら質屋やらにねえさんがもっていってくれた。

そんなものは売ったたってどうせ8000円程度にしかならないのでどうでもいいのだが、そうやって部屋の下の方に埋まっていた段ボールが次々に開けられていく光景を目の当たりにして、私とねえさんの間に強いコンセンサスが生まれたのだった。

「涼美が退廃的に生きながらも全体として今のところ破滅してないのは、極度の飽き性と関係しているらしい」

もともとは引っ越し好きな涼美さんであるものの、現在の部屋にはすでに3年半住んでいる。その上引っ越しの際にも特に整理整頓せずに床にあるものを床にあるまま段ボールに詰め込んで移転するので、私の部屋と部屋の段ボールには歴史的な地層があって、地層毎《ごと》に、その時の私の中の流行的なものが、かなりわかりやすく発掘される。シャネルのマトラッセばっかり好き、とか、109以外の服は買わない、とか、水着だけは異様に買う、とか、『セックス・アンド・ザ・シティ』に影響されてドルガバのドレスとか着る機会もないのに揃えだす、とか、ドイツの薬局からハーブやらお茶やらを取り寄せるのにハマる、とか、靴だけは高いものを！　というどっかのモデルの言葉に感化される、とか。

ただし今の私を見れば、シャネルの買い過ぎで自己破産しているわけでもなく、ギャル服だけで固めた30歳になっているわけでもなく、服が水着しかないわけでも嫌味なドレスのナチュラリストなわけでも、マノロ・ブラニクでやはり破産しているわけでもないのである。不思議だ。私はその時々、常にこれ以上ないほどの幸福を、それらによって得ていたはずなのに。

私は極度にハマりやすい性格である反面、極度に飽きっぽいらしい。そしてハマりやすい性格によるあらゆる人生の罠から、飽きっぽい性格によって救われてきたのである。「飽き」こそ我が救い主。スカウトマンとの破滅的な同棲生活からも、夜のオネエサンとしてのくだらない生活からも、ホストとの実らぬ生活からも、年収1億円の投資銀行家との勘違いなセレブ生活からも、ドラマみたいでちょっと楽しいってこと以外は何も生まない社内恋愛からも、大学院生としての国会図書館に引きこもった生活からも、いつもぎりぎりのところでアイツがやってきて、私を救い出してくれたのだ。

考えてみれば、私の周囲で、若干心配な破滅道をゆく人間は少なからずいるが、そいつらに共通して言えるのが、この飽きっぽさに欠けるということなのである。例えば何度か登場したケイコ。4年前になぜか20代後半にして初めてホストの本営（本彼営業）にはまり、売掛金が200万までいったところで会社を辞めてデリヘル鬼出勤で借金返済したところで次のホスト、今は3人めのホスト彼氏と同棲しながらせっせとエースを務める。彼女は大学時代から、オトコと付き合うと2、3年は続き、服もずっとロックテイストで、タバコも永遠にマールボロライトメンソールである。もしくはM子。横浜のキャバクラ時代に一緒に働いていたのだが、8年経った今も、21歳とかそのあたりの子たちと、まったく同じ店で同じように働いている。時給は変わっていない。彼女もまた、ずっとヴィトンが好きで、ずっと阪神ファンである。

このクソみたいな社会で（↑どこかで聞いたフレーズ）、楽しく生きていくことは何よりも重要なことです。だから、みんな何かと楽しいことを見つけては、それにハマって、ほかにはそれ以上の楽しさやキラキラがないみたいな気分になる。中に閉じた状態では、本当に自分に刺激を与えてくれるのは今目の前にある輝きだけのような気がしてくる。それはある意味当たり前のことで、荒唐無稽な割に平坦な世界で、それでもつまらなくならずに生きていくためには、かろうじて残るキラキラの粉末に、しがみついていないとやってられないから。

ただ外の世界に目を向けてみれば、意外とキラキラの種類も多様で、え、私もしかして十分に楽しんでないじゃないか、と思えるものは今でもそこら中に転がっている。みんな真面目すぎるのだ。飽きっぽく生きようよ。

かといって私も、捨ててきた生活に未練がないわけではない。横浜の弁天通のお酒の瓶が砕けてコンクリートに散らばった感じとか、ＡＶ撮影現場の無造作に広げられたお菓子とか、キャバクラの送り前に寄るコンビニの無敵感とか。当時からずっと使ってる柔軟剤の匂いを嗅《か》ぎながら、たまには戻りたいな、とも思う。

14　なんとなくで、クリスタル？

女は計算高いなんて嘘である。基本的に引き算、足し算なんて苦手だ。メイク雑誌がこぞって引き算メイクを唱えるのも、政府がしきりにワーク・ライフ・バランスを提案するのも、学校に服装を正す校則なんてあるのも、女が引き算を嫌うからである。ツケマツゲをつけるのは簡単、しかし一度ツケマツゲメイクが普通になってしまえば外すのは至難の業《わざ》だし、明日も明後日《あさって》も出勤すれば何万円かのプラスになるのに、体調を考えて休むとかっていう決断はしにくい。校則だって、リボンをとりなさい、ラルフのセーターを脱ぎなさい、と言われても、どうも脱ぐ気になんかならないんである。

かといって足し算が得意なわけでもない。やっぱり私たちの世代、いくら時代だ流行だといっても、眉毛の太さを足していくのは勇気がいるし、必要な物はブリリアントタイムの睡眠ですなんて言われてもその時間は眠たくないんだし、結婚してパートナーをつくるって言われても今はまだ1人のほうが楽しいような気がしてしまう。

先日レイちゃんとミカちゃんという、昔からの友人と神谷町のジョナサンでぐだぐだと喋りながら夜をあかしてしまった。黒髪のレイちゃんは足の膝《ひざ》から下が長くて、でも太ももは途中からすごく太くて、色白な方だけれども足の毛穴が目立つ女の子で、身体のラインを強調する服を好んで着る。ミカちゃんは明るめの茶髪で前髪をまゆの上で揃えていて、写真を撮るときは必ずアヒル口、自撮りとプリクラ写りが異様に上《う》手《ま》い、109ブランドのワンピースばかり着ている女の子だ。2人とも、顔は世間的に見ればそれなりに可愛く、まあでもそんなに大したことはない。

水商売とエロ商売を兼務するレイちゃんは見るからに、引き算の苦手な女である。必要でもないのに毎日働き、空いた時間に副業までして必要な生活費の2倍も3倍も稼ぎ、帰ってきて眠り落ちるまで友人に電話してネット検索して落ち着きがない。化粧品を使い切る前からいちいちラインで揃え、靴の数は1ヶ月のローテーションではまわりきらないほどだし、部屋はティッシュや歯磨き粉、洗剤のストックだらけ。稼いだオカネは、異様に高い服やバッグやお酒にご飯。せめて服代とお酒代を半分にすれば、その分2日出勤を減らしても、余裕で毎月貯金ができるのに、その引き算ができない。化粧品をせめて使い切るめどがたってから新しいものを買うようにすれば、雑然としたドレッサーまわりが片付くのに、それができない。

かたや朝キャバ嬢のミカちゃんもなかなかどうしようもない。空いた時間はゆるりと自宅でいくらでも時間をつぶし、低いヒールに財布じか持ちで街をふらつき、家賃と食費と交通費をきれいにぴったり毎月稼いで、そしてまた残った時間はペットとベッドで戯れ、彼氏の誕生日には自分がもらったプレゼントの7がけくらいの適当な品を選んで渡す。その出費であと2日、出勤を増やせば毎月数万円でも貯金もできようが、その足し算ができない。あと4センチ高いヒールを履けば脚も綺麗に見えるところ、それができない。どうやら彼女は、足し算が苦手な女である。

珍しくエロ商売の方の仕事をオフにして、会員制高級クラブに出勤する前にジョナサンに現れたレイちゃんと、3日間家にこもっていたところを重い身体を引きずってきたミカちゃんを交互に眺めて、その過剰と不足にうんざりした。うんざりしながら、私たちってきっとどこまでもこうなのだろうと思った。偶然にも、2人はだいたい同じくらいの大きさのヴィトンのダミエのバッグを持って集まって、でもレイちゃんのバッグからは化粧品やら手帳やら、必要な物から不必要なものまで次々に出てくるのに対し、ミカちゃんのバッグの中身は、うすっぺらい財布と鍵と携帯くらいであった。

私たち3人には、共通の友人が何人かいる。勿論、平日の夜中にジョナサンに集まったりしない仲間たちである。人生の要所でバランスよく足し引きをしてきた仲間たちは、結婚して子供の面倒をみていたり、一部上場企業で順調に出世していたり、資格をとって会社を辞めていたり、正しい道を歩いているようにも見える。私たち3人は、過剰な不足をもてあまして、前にも後ろにも進んでいない。

かといって他の友人達と絶縁状態にあるわけではなく、今でも年に1回は、日付を決めてどこかを予約して5〜6人で集まる。そこには大抵誰かの産んだ赤ちゃんや幼児がいたりして、昔は3人とも、その泣き声が嫌で嫌でたまらなかった。それは足し算と引き算がうまくいったバランスのとれた女の結晶のような響きな気がしていた。でもその赤ちゃんが1歳になり2歳になり、私たちもまた1歳ずつ年を重ねて、今では我慢できるようになった。別に私たちが我慢強くなったわけでも、大人になって丸くなってしまったわけでもない。赤ちゃんの、その過剰で間違った自己主張は、私たちが銀座のシャネルで「これ下さ〜い」と言う声と、或いは歌舞伎町の飲み屋で「もう1本〜」と言う声と、何だ何も変わらないじゃないか、と気づいたからだ。

ミカちゃんも、何もずっと働いていないわけではない。昔はよく、ホストの売掛金に間に合うか間に合わないかの金額を目標に、月末はそれなりに出勤していた。レイちゃんは、大抵手持ちのお金が50万円を超えると、ホストクラブに行って高いお酒を飲んでいた。2人とも、一夜で使った最高金額も、今までホスト様に使った金額も同じくらい。どちらも、行きつけの飲み屋についていくと、クリスタルのボトルが並んでいたり、シャンパンタワーをやった形跡があったり、なかなかとめどなくラグジュアリーな飲み生活だ。クローゼットのブランド品の数はレイちゃんの方が多いけど、質屋やリサイクルショップに売った分を入れれば、もしかしたらミカちゃんの方が多いかもしれない。

ミカちゃんはよく「どうしても入金しなきゃいけないお金でもないと出勤できないから、カツを入れるために飲んじゃうんだよね。そしてカードで買い物しちゃうんだよね」と話していた。レイちゃんは、とにかく空いている時間に仕事をしていないと落ち着かないが、それで貯まっていく資金を銀行に寝かしておくような柔なことはしない。ミカちゃんは働く理由を、レイちゃんは働いた理由を、いつも探しているようだった。だって私たちには働く理由なんてふんわりしたものしかないから。

親はバブル世代で、別に金持ちじゃなくても娘の1人や2人養ってやるのは余裕だし、顔で選ばなければそれなりに養ってくれるオトコは見つかる。自己実現なんてしたいならブログでも書いてればいいし、人の役に立ちたきゃ地震なんてよく起きる国だし豪雨も多いし被災地にひとっ飛びすればいい。シャネルもヴィトンも1つ持ってりゃ十分だし、メイク道具なんて実はドンキで揃うし、ユニクロの服ならいつまでたってても破れない。不自然に髪をセットした歌舞伎町のオトコにもやや食傷気味だし、ホテルのスパよりふつうに地元の整骨院に行った方が身体が楽になったりする。オカネなんていらないし働く理由なんてないし、何もしないでもテレビと漫画でもあれば時間はとめどなく流れてくれる。

でも私たちに支払われるお金は、私たち自身の価値なのだから、それなしで生きていこうとも思わない。ミカちゃんにとっては、必要な額に見合う分だけ働いて稼げることが重要で、レイちゃんには増えていくお金の使い道を自由に選択する権利が重要だ。でも必要な額も、増えていくお金もきりがないので、私たちにはなんとなく救いがない。

月20万円でも幸福な生活っておそらくあると思う。旦那の稼ぎが安定しているなら、小遣い10万円でも暮らしていけそうな気はする。要所を押さえた引き算メイク、着回しのきくアイテム、時々少し豪華なレストランでディナー。『ホットペッパー』で賢いネイルサロン選び、アイスクリーム特売の日の買いだめ、正月セールまで待って手に入れるブーツ。それはあたかも清く正しく美しいメニューとして、私たちの眼前に並べられる。でも果たして、正しい必要はあるのだろうか、とも思う。絶対間違ってるって、わかってるけどなんとなく必要なものってある。働く理由なんてないけれど、なんとなくあるような気にさせてくれて、間違いという名の踊りを踊らせてくれるものが私たちには必要なのだ。200万円のクリスタルのボトルなんて、本当に死ぬほどいらないけど、きっと彼女たちなりの狂った足し算、引き算のもと、なんとなく必要な気がしたんだろう。

だって私たちには、何かが不足しているのです。何かに満たされていない。そのシホンシュギという社会の中では、不足分は、オカネを払って手に入れる。私たちはすべて手に入れて全てにおいて満たされて、不足が何もなくなるまで、オカネを使い続けると思う。この世にシャネルとホストクラブが、なくなったとしても。

15　ラスソンは明るい歌で

私が昼のオネエサンになって2ヶ月目くらいの超忙しい時期、つまりは2009年の5月頃、横浜時代の知り合いの歯医者（とは名ばかりの金持ち生まれの正真正銘の不良大人）からいやに改まったメールが来た。内容は、共通の知り合いで、私の友達の元カレでもあるトモオくんが亡くなった、つきましてはお通夜とお葬式の日取りはうんぬん。当時、後に私の両親に数枚の写真を送り、私に人生最大のピンチを味わわせることになる彼氏と港区某所で半同棲していた私は、彼氏がウイニングイレブンをやっている姿を、後ろのソファでぼけっと見ながら携帯をいじっている最中だった。なんでそうそう抜けられそうにない大企業なんか入っちゃったんだろう、というかいつ辞めよう、マックス・ウェーバーさん！　ちゃんと話聞いてなくてごめんなさい！とか思いながら、おそらくメールでも打っていたのだろう、まさか顔も性格も、人生そのものが冗談としか思えない旧友から、冗談とは思えない連絡がくるなんて思ってもいなかった。

私はメールを最後まで読みきらずに、とにかく歯医者に電話をかけた。彼いわく、トモオくんは白血病を発症し、入院して2週間もしない内に、肺炎をおこして亡くなった。最近どうも調子が悪い、とは言っていたものの、破滅的な酒の飲み方をする彼のこと、昔からしょっちゅう理由もなく吐いたり、具合悪そうにしていたり、何の薬かよくわからない薬（合法ものだと思う。たぶん……きっと）を常に持ち歩いていたり、とにかく体調は「悪いがデフォルト」だった彼のそんな言葉を、まわりはそれなりに心配しつつも、それほど真剣には受け止めていなかった。だから本気でまわりが心配しだして10日程度で旅立ってしまったのだという。

歯医者はバタバタ連絡を急いでいる様子ではあったものの、それほど思いつめたようでもなく、わりと事務的な様子でそんなことを教えてくれた。ちなみにその歯医者とは私がまだ自分がセックスが好きか嫌いかもわからないような若いころに、横浜のホテルで2回、歯医者の自宅で1回、セックスしたことがあったようななかったような仲なんだけれども、そのことにも特には触れず（別に触れてほしくもないけど）、また連絡する、と電話を切られた。私はというとなんだかものすごく焦った気分になって、ウイイレに夢中の彼氏に適当なことを言ってマンションの屋上にあがり、トモオくんの元カノである私の大学時代からの親友に電話をかけて事情を話した。彼女もまた、もちろんショックは受けていたものの、比較的冷静な様子で、お葬式の詳しい日取りなど簡単な話をして電話を切った。なんか、みんなもっとオロオロすると思っていた私は、少し肩透かしされた感じで勿論禁煙の屋上でタバコを吸いながら、具体的にたそがれていた。

トモオくんが死んだという事実は、ものすごく信じがたいんだけれども、ものすごくわかりやすく私の中で腑に落ちた。生き急いでいるような、どこか危ない感じのするオトコだった。私はむしろ私が結局なかなか断ち切れずにいた「ある時代」が、なんだか急に無理やり剝ぎ取られた気分の方に、呆然《ぼうぜん》としていたのだ。

トモオくんや歯医者とは私がちょうど19歳から20歳になる年のある夜に一度に出会った。私が横浜で勤めていたキャバクラの、オーナーと呼ばれる、けれどもキャラ的に私が光ちゃんと呼んでいたオトコがいて、その男は横浜地区にキャバクラ一軒、バー一軒、ホストクラブ一軒を展開しているちょうど30歳（おお！　今の私と同い年だ！）のまああやり手の不良オトコで、私は何故か気に入られていて、でも光ちゃんは結構デブで、私もわりとふんわりとした（これ、ぽっちゃり、とかの代わりに誰か定着させてくれないかな、小デブの敬称として）体型だったので、なんか親近感が湧くんじゃん？　とかキャバクラの先輩ねえさんとかには言われていて全然誰にも羨ましがられていなかったんだけど、そんなこんなで光ちゃんと私は夜もふけてから一緒に出かけたり、彼のお客さんのアフターに駆り出されたり、彼の仲間内に紹介されたりすることが多かった。

歯医者やトモオくんはその「仲間内」の中に含まれていて、その夜、私はキャバクラの仲間ではなく大学の友達を何人か連れて、光ちゃんの経営するホストクラブに、光ちゃんとそのYUKAIな仲間たちとともに、「見学」に行くというミッションを負い、後にトモオの彼女となる親友やら何やら女子3人を引き連れて、夜は0時頃の横浜のとあるダイニングバーに集合したのだった。関内のパセラでテキーラを4杯くらいまで飲んだところで、じゃあ光の店に行こう、という流れになって、私たち子羊ちゃんたち4人は、光ちゃんの誘導に従い、人生初のホストクラブの門をくぐったはいいが、その先は何のことやらテキーラが逆流してくるのをこらえていたことしか覚えていないのだが、とにかくカラオケ付きのVIPルームで常軌を逸したトモオくんが尾崎豊を踊りながら熱唱というか絶叫していて、それを何故か親友が目をハートにして見ていて、タカマツさんという光ちゃんと同い年の何を生業《なりわい》としているのかよくわからないオッサン（あ！　今の私と同い年だ！）がイケメンホストくんをベルトで縛りだして、ドンペリが5本空いて、誰かがつぶれて、私の少々ブサイクな女友達がホストと卓チューし出して、最終的にとにかく私は次の日の午後2時頃、光ちゃんの家のベッドの中で目を覚ました。それまで光ちゃんとはセックスなんてしたことなかったし、正直その日もいまいち記憶がないんだけど、とにかくその夜以降、私は光ちゃんの女に、私の親友はトモオくんの女になっていた。

親友がトモオくんに夢中に、トモオくんが親友に夢中になっていくのとは反対に、私と光ちゃんはなかなかのドロドロ道を歩む。光ちゃんはしょっちゅう私を、自分のホストクラブに連れて行っては、お会計にしたらもしや3ケタかしら……ドキドキ……というような飲み方をしてホストたちをいびり、私はそんな自己顕示欲ではちきれそうな光ちゃんに、いくらデブ同盟、じゃないや、ふんわり同盟とは言えだんだんと嫌気が差してきて、なんとなく上の空で、冷めたような目線で側《そば》にいるようになっていた。

光ちゃんはいつも、「お前は俺の権力と金にしか興味がないんだろ」と言って私をなじった。私は心から彼の車やマンションを愛していたから、別にそう言われることに何の抵抗もなかった。それに、私が初めて見たホストクラブはすでに、オカネがある人が行く場所ではなく、オカネをつくって行く場所になっていた。オカネがある光ちゃんに、私がオカネ目当てで言い寄るのは、オカネがない女の子たちがオカネ目当てでホストに言い寄られるのとは、全く異質であるはずなのに、何故光ちゃんがそれほどまでに気をもむのかもわからなかった。

それでも光ちゃんは私をなじるのをやめず、私はますます上の空になり、最終的には彼のかわいがっているホストと私が恋仲になったというあらぬ疑い（ということに、女友達の間ですらなっているので真実は墓場まで持っていく）をかけられて、光ちゃんに段ボール2箱の私物を冷たいマンションのゴミ捨て場に捨てられ、鍵を変えられ、ちょこっと暴力的な行為まではたらかれて私と光ちゃんの関係は終わった。おもいっきり嘘っぱちの、オカネでしか買えないキラキラな世界を見せたのは向こうなのだから、彼が嘘っぱちの世界を愛せなかったからといって、私は何の罪悪感もなかった。

その1年後に歯医者とセックスした時も、彼の店のライバル店と言われていた店のホストにカモられていた時も、別に罪悪感は感じなかった。先に嘘っぱちの世界を演出したのは彼なのだから。

私はトモオくんのお葬式に、入社したばかりの企業の研修を休めないという理由で出席できなかった。私の親友は出席したという。彼女は、それなりに破滅的なトモオくんと別れた後、超大手広告代理店に入って先輩と結婚して、セレブなマンションで子供を産んだ。私は光ちゃんが見せてくれた、証明しきれない価値で溢れかえったキラキラな世界の端っこに今でもいて、嘘っぱちなマツゲと嘘っぱちなネイルがやめられない。

なんでこんなことを今日思い出したのかというと、先週たまたまちょっとした付き合いで初回で入ったホスクラで適当なホストを見つけて飲み直しをしたら、隣の卓に座っていた店の代表とやらがラスソンで何故か尾崎豊を歌っていて（初めて聞いた尾崎のラスソン。あのホスト何歳だったんだろ……いや、もう年の話はやめましょう、なぜなら笑えないから！）、そういえばもうすぐトモオくんの命日だな、と、今だけは悲しい歌聞きたくないよ、と、いうような気分になったからなんですが。

16　愛情はふる　槍がごとく

ある日大学の帰りに実家に寄ってみたところ、ダイニング・テーブルの上には、卑猥なポーズで乳を露《あら》わに、潤んだ瞳でカメラを見つめる自分の姿……。

３流ホラーの３倍怖い。ＡＶ業界や水商売、風俗もそうかもしれないけれど、その界隈では、とにかく親バレ、彼バレ、学校バレというのが、それなりに深刻な話題になることが多い。で、彼バレはともかく（オトコなんてどうせそのうち別れるわけだし）、親バレや学校バレ、或いは会社バレなんていうのはできれば避けたい。何故なら多くの私たちにとって、源氏名やモデル名の自分というのは、パパンやママンがつけてくれた愛らしい本名の自分と、分裂しながら共存しているわけで、どちらかがどちらかに侵入すると、私たちが上手くやっているような気になって守っている刺激的な世界と愛らしい世界が、両方台無しになるからだ。

そして腹立たしいことに、この親バレ・学校バレというのは、多くの場合、彼バレ経由で起こるのである。どうやらオトコはオンナに、複数の世界を持っていてほしくない。

２００３年頃、横浜西口のＰというキャバクラに、アヤちゃんという子がいた。私と同い年で、藤沢の実家に住んでいた。当時の店のキャスト達は、大きく、同伴派とアフター派に分かれていて、まじめに仕事をしてしっかり売り上げる同伴派の、若手筆頭みたいな娘だった。ちなみにどこか遊び半分で、売り上げは大したことがなく、でもお客さんにヴィトンとか買ってもらうことが多いのは、アフター派だった。

それなりにギャル系の店の中で、アヤちゃんは栗色の髪を、比較的地味目のハーフアップにしていて、それもヘアメイクさんに頼むのではなく、家からその髪型で来ていて、それでも黄色やエメラルドグリーンのロング・ドレスを着ると、華やかな顔立ちとカラー・コンタクトの効果もあって、夜の蝶として申し分のない艶っぽさがあった。お客さんと一緒になってカプカプ酒を飲む接客をしていた私とは違い、彼女はお客さんに本気で惚れられたり、告白されたりするタイプだった。そんなにお金持ちそうでも派手な飲み方をしそうでもない、気の弱そうなお客さんと一対一で席にいることが多かった。同伴の数は私の倍くらいで、何より遅刻や当日欠勤などを一切しなかったため、店の心証も倍くらい良かった。

ある日、業界人ぶったおかしな新規の団体客が、お酒持ち込みで店に来たときのことである。持ち込んできたお酒は、イエーガーマイスター。スポーツバーやクラブで外国人がナンパついでに奢ってくれることで有名な、あれだ。平均年齢は20代前半のキャバクラである。アヤちゃんのような上品なキャストたちは、「うすめ」「ロング」で暗喩されるノンアルコールのマンゴージュースやアセロラジュースを飲んでいたし、強いお酒を女の子に強要するその業界人のような客は、稀だった。

6〜7人で店を訪れたそのお客さんたちは、店のボーイや副店長、席に来る女の子にお酒を振るまい、徐々にピッチを上げ、アヤちゃんと当時ナンバーワンだったユリエさんに場内指名が入った。いつのまにかボスの隣に座らされていたアヤちゃんは、何故か普段より楽しそうで、特に場内指名をもらってもいなければお客さんを呼んでもいなかった私は、「ああそりゃそうだ、高級クラブじゃなくてあえて派手目のキャバクラで働くくらいだから、ワイワイしたこういう接客もたまにはしたかったんだろうな、お嬢様系のキャラもまあまあ窮屈だろうな」とか何故か上から目線で思いながら、下品な先輩の下品なお客さんの席で、バッファローゲームしようや、とかいう下品なからまれ方をしていた。

1時間くらい経った頃、私がトイレに行ったら、内勤の女の子がアヤちゃんを介抱している姿が見えた。どうやらイエーガーマイスターにやられていたらしく、たまたまそこに居合わせた上に、わりと暇そう、という理由で私は、内勤の忙しい女の子に代わって晴れて介抱係に任命され、とにもかくにもアヤちゃんを、1つ上の階にあった更衣室につれていった。大量のおしぼりとともに。閉店時間が過ぎて、女の子が着替えにあがってきてもアヤちゃんは回復せず、送りの車に乗せられるような状態ではなかった。桜木町に住んでいた私は、店長の車に乗せてもらう、という約束をとりつけた上で、アヤちゃんが回復するまでおしぼりを交換したり、背中をさすったりする役目を仰せつかった。

午前1時半を過ぎると、アヤちゃんの携帯電話がしつこく鳴り響き、悪いと思いつつチラリと見た画面では、どうやら彼氏らしいオトコの名前がつきっぱなしだった。眼鏡かけていかにも夜のオトコ風味の店長と、マコッチャンというアダ名だった黒髪サラサラ前髪パッツンの副店長（元横浜連合の副ヘッドだったという。どこでも

「副」のつく運命だったらしい。でもユリエさんと付き合っているという噂だった）と相談の上、私は次に電話が鳴ったらさり気《げ》ない友達のふりをして、電話に出てみることになった。当然、そんなことを言っている間に電話は再び鳴り響いた。

はいもしもし、すみませんアヤちゃんは今つぶれてて電話に出られなくてと言いながら私は、そもそもアヤちゃんて本名じゃないよな、と致命的なミスに呑気《のんき》に気づき、でもどうやら電話の向こうの彼氏らしきオトコは、アヤちゃんが今日キャバクラに出勤していることを知っていたっぽいので、なら話が早いわ、と思って、よかったら迎え来てくださいよーと気軽に言って電話を切った。ちょうど副店長がキャベ２を買いに行って戻ってきたところで、ビンのままじゃ飲みにくいだろうから、とテキーラグラスに注いで飲ませてみたら、なんだか潰れてるオンナに強めのお酒をショットで飲ませてるみたいな構図になり、「これじゃ、テキーラだと思って身体が拒絶しそうじゃね？」とかアホなことを話しながら、特に副店長や店長にいやらしい目線を向けられることなく私が着替えていたら、アヤちゃんもテキーラ風キャベ２効果で少しずつ回復し出して、こちらの話に少しは反応するようになった。

「アヤちゃん、大丈夫？　もうすぐ彼氏さん迎えにくると思うよ」

「え、なんで？」

「さっきずっと電話が鳴ってたから、私出たんだけど、迎えに来てくれるって」

「そうですか、店長とかが親には連絡してないよね？」

「してないよー。その電話に出ただけだよ」

「怒ってましたか？」

「いや、心配してただけだと思う」

結論から言うと、そのチャラリーマンらしき彼氏さんとやらは怒っていた。どれくらい怒っていたかというと、エレベーターを降りて店に入ってきて、店長、マコッチャン、私が深夜2時らしい迷惑なテンションで「あーどうもどうも」なんて言っても、軽めに会釈《えしゃく》とも威嚇《いかく》ともとれる頭の振り方をしたっきり口も開かずに、やっとこさエレベーター前のソファに座っていたアヤちゃんの腕をとり、乱暴に引っ張るくらいに。

なんとなく刺激しないほうがいいような空気を感じ取っていた夜のズッコケ三人組こと店長とマコッチャンと私は、大人しくアヤちゃんの身体を支えたり、荷物を彼氏さんに渡したりして、エレベーターに同乗、下でタクシーをつかまえて2人を乗せた。

週3で出勤していたアヤちゃんは、次の出勤日になっても店に現れなかった。店長いわく、なんだか親バレして、しばらくは店に出られない、ということだった。気になった私が、アヤちゃんと仲のよかったいづみちゃんという女の子の携帯から、彼女に電話をかけてみると、泥酔するまで飲んだアヤちゃんと、泥酔させるまで飲ませた店に怒り狂った彼氏さんが、バイトをやめさせるべく、親にチクリの電話を入れ、女子大生がキャバクラでバイトなんてとんでもない、としごく一般的な考えを持つアヤちゃんの親が、門限を厳しくしてバイトを禁止した、ということだった。彼女の話しぶりでは、そもそも彼氏さんは彼女のキャバクラバイトに非常に否定的で、それでも、彼女が楽しんでやっているのなら、と我慢してくれていたのだという。

藤沢の実家と横浜市内の女子大の往復となった彼女の生活は、きっとキャバクラ勤めをしていた頃よりも、両親や彼氏さんを安心させるものになった。大黒摩季『あなただけ見つめてる』じゃあるまいし、と私は思った。彼女は両親と女子大でつくる、フルーツで言うとリンゴのような日常を壊さないように大切にしていた。と、同時に、キャバクラの門をくぐり、夜の数時間でつくりあげる、オレンジみたいな世界も、彼女にとっては重要なものだった。お嬢様キャラで、滅多にワイワイと刺激的な席にはつかなかったかもしれないが、そういった席と隣り合わせに、自分の得意分野である接客を磨く時間を、楽しんでいたはずだ。少なくともイエーガーマイスターでつぶれる寸前の彼女は、夜の明るさに満ち満ちていて、誰より綺麗だった。でも、彼氏さんによる懲罰という帰結をみて、リンゴもオレンジも欲しかった彼女の夢は砕かれた。もしかしたら、リンゴだけで幸せになるかもしれないし、それは十分に満足すべき生活だったかもしれないが、少なくとも暗い店内と強いお酒ではしゃぐ時間は、彼女にとって仕舞いこんで滅多に開けない過去の大切なものになった。

変わって2005年頃、清純派AV女優として単体デビューしたトモカちゃんは、身長157センチ、体重は40キロ台前半の、華奢《きゃしゃ》で色白な女の子だった。そんなに偏差値は高くはないけれどわりと知られた大学の2年生で、実家は埼玉だと言っていた。私はある夏の日に、都内にあるプロダクションの、一軒家を改造したようなお洒落な事務所で、彼女を初めて見た。彼女も含めた私たち4人は午後3時から、髪型が超変な超有名な写真家のモデルのオーディションがあると聞かされていて、早く事務所についた私が永作博美を20キロ太らせたようなマネージャーのオネエサンの、ストリップ劇場の女の子たち向けの衣装のチクチク縫い縫い作業を手伝っていたら、同じく早くついたトモカちゃんが、白いワンピースを着て部屋に入ってきた。彼女は言葉少なで、なんだか顔色が悪いような気がした。私は女の子の顔に関しては、わりかしフェアな評価をするほうだと思うが、それなりに整ってはいるけれど、別に特別可愛いとは思わなかったのを覚えている。

ヘアメイクさんが到着し、私たちは順番に事務所の中で髪と顔を作り上げられた。先ほど顔色が悪く、ＡＶ女優らしい若干の不幸オーラをまとっていたトモカちゃんは、プロのメイクさんの手にかかると、ずいぶん色っぽい雰囲気になっていた。顔が薄いからか、化粧映えする娘だなという感じだった。私たちはそこからカメラマンのスタジオに移動し、数十人の女の子が参加するオーディションに参加、１人ずつ素っ裸でカメラの前に立ち、全身やバストアップの写真を撮られた。通過するのはたったの３人らしく、でもとりたてて美人な娘もいなかったので、全員がそれなりの希望をもってオーディションを終えた。私は落選し、トモカちゃんはみごと抜擢《ばってき》されたのは、次の週にたまたまプロダクションの社長とご飯を食べている時に聞いた。

トモカちゃんはその独特の薄幸な色気で、その後もわりと順調に仕事をしていくのだろうと、プロダクションのみんなが思っていたが、ある日突然連絡がとれなくなり、３本残っていた単体契約も、うやむやになったらしかった。私が半年ぶりに彼女を見たのは、とあるグラビア雑誌のイベントだ。

トモカちゃんは、マミちゃんという名前に変わっていた。なんというか大人の事情的なものを感じたので、里見浩太朗に似たプロダクションのマネージャーにさり気なく、「なんでトモカちゃんがマミちゃんなのさ」と聞いてみたところ、業界の事情というよりも、どうやら親バレに関係があると言う。イベント後、控室でタバコを吸っていたトモカちゃん改めマミちゃんに、私はストレートにあててみた。

「髪染めましたよね？　私、覚えてます？　昔黒髪のイメージだったから」

「そうだっけ？　あ、黒かったかも」

「名前変わったんですね」

「うん、彼氏と別れて色々あって」

聞けば、別れ話に逆上した彼氏が、彼女の両親や大学の友人に、彼女がＡＶ女優として活動していること、彼女のモデル名、プロダクションなどを言いふらしたという。プロダクションの方は、そういったアルアルには慣れた様子で、単体契約を打ち切ってくれたのだという。しかし彼女は、世田谷の実家から、成城の大学に通うリンゴ生活を諦めた。彼女にとっては、別れたオトコの逆ギレなんかが奪えるほど、簡単なオレンジではなかった。元カレの報復という一応の帰結をみて、彼女のリンゴがあるからこそ輝いていたオレンジと、オレンジがあるからこそ愛せたリンゴは終わった。手元に残ったオレンジは、以前のような輝きを失っていたのか、マミちゃんは結局1〜2本の単発の仕事をしただけで、業界では見なくなってしまった。

　オトコの考えていることはよくわかる。自分の愛してるオンナが、自分とは関係のないところでもうまくやっている、自分には理解できない幸福を摑んでいる、自分からは見えない／手の届かない世界を持っているのが気に食わない。だから彼女が一番嫌がることがわかる。分裂することでバランスをとり、バランスをとることで保っている日常を壊してしまうことだ。夜のオネエサンは、その壊し方がとてもわかりやすい存在だ。そして簡単に壊せる存在だ。だからオトコのストレスのはけ口になりやすい。結局、オトコにとって、オンナの複雑さなんていうのは、よくわからない、怖い、面倒くさいものであって、別に昼のオネエサンであっても夜のオネエサンであっても、オンナと付き合うということは、彼らにとってはそのよくわからない複雑さに悩まされることであって、そのストレスを溜《た》めこんで生きているような気がする。リベンジ・ポルノなんてカッコいい言葉でメディアが騒いだあのような事件も、結局オトコが、自分の前でアンアン言って股を開き、何くわぬ顔で日常を生き、アンアン言ったことが嘘のように自分の元を去っていくオンナを、扱いきれなかっただけなのである。手に負えないものを壊すなんて、オトコって2014年にもなって本当に野蛮だと思う。

私も、以前、別れたオトコが両親に宛てて、私があられもないポーズで全身をさらしている写真や映像を送られたことがある。うちの親も結構つらい思いをしている。ポルノはリベンジに使うべからず。素直にヌクのに使っていただきたく！

17　ワタシたちのことが嫌いな男たちへ

昼職について1年目、というなかなか経済的にも精神的にも不安定だった26歳の年、私の両親は呑気にサバティカルで海外に移り住んでいた。私は、というと、最終的にはそれなりのトラブルを巻き起こしてくれたものの、いろいろな欠陥も含めて私を包み込んでくれていたエリートな彼氏と同棲を解消したり、それで歌舞伎町の「保証人なし、敷礼なし、即日入居ＯＫ」という不動産屋に駆け込んで、赤坂の「風呂はあるけど洗濯機置場がない」というデリヘルの事務所か何かにはぴったりであろう物件に即日入居したり、それで六本木の交差点の裏にコインランドリーがあるのを初めて知ったり、仕事終わりにコインランドリーに行って待ち時間に公園で寝てたらホームレスさんに覗きこまれたりしていた。

ちょっと用事があるからそっち行くわ、と突然一時帰国した母とは、そのコインランドリーがある通りの、中二階にある喫茶店で待ち合わせた。年が明けたばかりの寒い日で、しかも雨が降っており、私はコインランドリーに洗濯物を持っていくのは諦めて、傘をさして喫茶店に向かった。マンションからは、歩いて7分程度の場所だった。

「今の家は、机とか本箱とかはあるの？」

私の引っ越し事情を知った母は、母らしいことを心配して問いかけてきた。寒いので、お互い温かい飲み物を注文した。母は、昔からコーヒーより紅茶の方をよく飲んでいて、その日もミルクティーを頼んだ。私が何を飲んでいたかは思い出せないが、多分カフェオレだと思う。

「ないよ、ほんとに赤帽呼んで、1日で引っ越したから。持ってきた本はポーリーヌ・レアージュ『O嬢の物語』、吉田武『虚数の情緒』、ボードリヤール『消費社会の神話と構造』、あと寺山修司『家出のすすめ』」

「ギャグ？」

「うん」

「今は誰と付き合ってるの？」

母は、紅茶のポットの蓋を開けて、中身をちらっと確認した。そしてまだカップには注がず、また違う話題をふってくる。

「しがないという言葉があまりにも似合うサラリーマン」

「なんでしがないの？」

「親は両方高卒のサラリーマン。父親は今年定年。自分は早稲田の社学卒で、親族の中では一番高学歴。親の住んでいる団地型マンションの、違う棟に部屋を買って、そこに住んでる。場所は行徳。外食よりも下手な料理して食べるタイプ。私服はユニクロ、スーツだけお洒落ぶってエディフィス、車はフィット」

「どうしてよ、普通じゃない」

「ショボイこと自体が問題というより、ショボイのに、親族の中でのピカイチのエリートだから、エリート意識はまあああって。結婚相談所とか行ったら俺とかモテるんだろうな、条件良くて、みたいな発言をしちゃうタイプ、というか」

「別に早稲田の社学卒の団地住まいだろうと、日大卒のSEだろうと、職人だろうと、本当にあなたにとって魅力的な人だったら、しがなさもしがなくないんだよ。心に惹かれるものがあれば。だから彼はそうじゃないんだね」

「うん、多分全然そうじゃない」

「じゃあなんで付き合うのよ。あなたこそしがないよ。そんなものじゃないじゃない、恋することも愛することも、本当に会っている時間は魂が震えて、会っていなければまた震えて、彼がどんなに批判されても、属性がショボくても、この人がそうだっていう強い確信があるものじゃない」

「そうじゃない恋愛だっていっぱいあるじゃん。寂しいとか、楽しいとか、何かしらのメリットがあるとか」

「あなたって割と安っぽいよね。私は確かに自分にとって魅力的ではないオトコからの評価も欲しかったけど、それに応えて与えちゃったらダメなのよ。彼をショボイというなら、そんなどうでもいい小さいメリットのために彼と付き合ってるあなたこそショボイ」

母の癖というか、習慣の1つである、やや語尾を強くした口調で締められたので、私はコーヒーカップに顔を隠すようにして少し母から逃げた。私の母は、知的で話題豊富で、なおかつ下品ではない、ということをかなり重要なアイデンティティとして持っているのだが、やはりそこは均等法以前のキャリアウーマンらしさ、というか、60年代・70年代の少し変わってる女の子的な振る舞いも併せ持っていて、私は時々それに辟易《へきえき》とする。私とは見栄の張り方が違うのだ。私たちはもっとシンプルに、見栄を張る。

お互いの飲み物が半分くらい減ったところで、母がボルボネーゼの鞄から封筒を出し、私はシャネルのバッグから手帳を出した。母は郵便局でとめている郵便の中から、私宛のものを持ってきてくれていて、私はそれを、元々持っていたごちゃごちゃした書類とともに手帳にはさみ、バッグのなかに入れた。

「あなたはさ」

母はいつのまにか、少し機嫌を損ねていた。

「やっぱり危機感が少ないよ。慎重さが足りないし。わきが甘いね」

「それは結婚できないことに対する危機感とか？」

「そうじゃなくて、人から恨まれたり、羨ましがられたりすることに対する危機感だよ。私は小学校の頃、学校の中でやっぱり特殊な存在で、それがいい方に転ばなくて、いじめられたり仲間はずれにされたりしていたから、人から恨まれたり妬《ねた》まれたりするのが、いかに恐ろしいことかわかってる」

正直、この話を聞くのは78回目くらいなのであった。私はもうすでに中身がほとんどなくなったコーヒーカップを、ぐるぐる回した。気分が全然あがらなかった。雨があがる様子もないし、母が用事がある、といっていた時間まではまだまだ時間があったし、ひさしぶりに履いたブーツ以外の靴の足先が痛くなっていたし、そもそも私は、すっかり会社と自宅の往復で、彼氏もショボイサラリーマンで、よく行く店がファミリーマートと神田の居酒屋で、化粧品をマツキヨで買うような生活を、まだ受け入れられずにいた。

母は地元ではそれなりに名の通る、小金持ちの娘だった。血統書系のお嬢様ではないけれど、日本がまだまだ貧しかった時代に、どこの家にも先駆けてテレビを買ったような家で育った。中学校からは国立に通ったが、小学校時代は地元の公立の学校に通っていて、そこで貧乏で嫌な奴らにいじめられていたという話をよくする。

私は、それほど苦労はしていないものの、別にそこまでお金持ちではない家の娘で、でも地理的な都合と父親の趣味で、幼稚園も小学校も私立に通っていた。母親が働いているのも、大雨の日に親が車で迎えに来ないのも私だけだった。お弁当が雑な冷凍食品の詰め合わせだったのも、雅子さまスタイルのコレクションみたいな父母会で私の母だけパンツスタイルだったのも、海外へ行く時にエコノミークラスだったのも、今では誇りに思う。雅子さまスタイルの母親なんて恥ずかしいし、ビジネスクラスでカナダに行っていたクラスの女子たちよりも、余程充実した旅行をした。

でも、子供なんていう無知で有害でアタマの悪いものは、弁当のリンゴがウサギであるかどうかで、或いはそのリンゴが国産であるかどうかで幸せを占ったりするのだから、私に母のような気質がないのも、それなりに合点がいく話である。だからこそ母は、私の危なっかしさをいつもつつく。

「ママはでも、なんだかんだ安定収入のオトコと結婚して、子供もまあエリートに育って、仕事も評価されて、期間限定だけどニューヨークのパークアベニューで28階に住んでて、私は洗濯機もないワンルームに住んでて、それはママのほうが羨ましがられるよ」

「でも私はやっぱり、慎重だもん。そういうことを出さないことに。だってそれでオトコに劣等感持たれるのってすごくもったいないし、危険よ」

「危険かな？」

「うん、やっぱり人間嫉妬する生き物だから。私だってさ、恵まれた生活を愛してるし、仕事は大事だし、評価されたいけど、無駄なところで、私はあなたよりスペックが高い、とかさ、これだけ恵まれてきたもん、とかいう雰囲気を出すとさ、オトコって嫌がるよ。勿論同性でもお互い嫉妬はするけど、それはまだ単純。オトコの嫉妬って根深いよ、恨みにかわるし。Tくんが、あなたと別れたのも、なんかやっぱりそういうことと無関係ではない気がするな。嫌いだよ、オトコって。なんだかんだ。自分より経験がある女も、自分より恵まれた環境にいる女も、自分よりアタマがよい女も」

母が元カレの名前を出したので、私の気分はさらに落ち込んだ。私は彼にとても嫌な思いをさせて、自分も心ない言葉に傷ついて、別れた直後だった。簡単に言えば、私には彼の知らない世界がいくつかあって、それがちょろちょろと露呈したのが原因だった。それを露呈させたのは恐らく私だ。私には確かにそういうところはある。言わなくても良いことをわざと醸しだしてしまうところが。それを露骨にベッドで吐露したり、言いづらそうに打ち明けたりするよりは巧妙にしてはいたけれど、結局は私も、自分の複雑さをなめられたくなかった。それはきっと、私が嫌われるより馬鹿にされる方がイヤだと思っていたからである。愛されるよりすごいねって思われたかったからである。

「でもママも、どうしようもないショボイ勘違い男とか、馬鹿な男とか、鼻をへし折って、ヒールの先っちょで自尊心をぐりぐり踏みにじりたい、とか思うこともあるでしょ？」

「それは生き様で見せればいい。そもそもそんな男が寄り付けないくらいにすごくなれば？　あなたはさ、そういうバカな男を相手にしながら、中途半端にぐりぐり虐《いじ》めて、それで買わなくてもいい反感を買って、結局自分がいちばん割を食ってるイメージ」

自分の紅茶がなくなったところで、母は、用事の前に買い物があるからそろそろ行かなきゃ、と言い出した。勿論わざとである。それなりに愚直な私に比べて、よっぽど母の方がずる賢いし計算高い。私は結局母の都合に合わせて動くことが多いのだ。シャネルのバッグの口をしめて、私ものろのろと立ち上がって傘を持った。態度ではなく心が高飛車で計算高い女は、私なんかよりずっと地味でまじめに見える。計算するのは危機感があるからなのだと母は言う。

母も恐らく、馬鹿にされるのは嫌いだし、すごいねって思われるのが好きだと思う。でもきっと、私より嫌われることの恐ろしさと、愛されることの心地よさを知っているのだと、マークス・アンド・スペンサーで量産される靴と、仕立てがいいくせに変にギラつかないスーツを着た母の後ろ姿を見て思った。

第4幕　愛と幸福、或いはその代償

18 されど愛の生活

ユリさん、と呼ばれていたその人の遊び方を、私は全然好きじゃなかった。新横浜の駅の近くにある小さな、でも高級な会員制クラブで働いていて、なぜか遊ぶ時はよくパンツスーツを着ていた。髪は腰までの超ロングで、前髪を一時期の神田うのみたいに分厚く眉毛の上で揃えていて、その辺の髪の毛クルクルキャバ嬢とは違います、といったプロパガンダを身体全身から発信する。それも私の鼻についた。親に買い与えられた山下公園沿いの高級マンションに住んでいるのも、足が長くてお尻が小さいのも、29歳なのに21歳の私や私の友達と一緒にいても一番かわいいとか綺麗と言われるのも、全部が全部気に入らなかった。

私には当時、現役大学生の夜のオネエサン、という共通点を持った華音《かのん》という友人がいて、彼女が働くシーサイドというキャバクラの近くで、華音に紹介されてユリさんと出会った。華音は高級バッグや洋服には全く興味がなく、競馬でも競艇でもパチンコでもなんでもいいから3度の飯よりギャンブルが好き！　という女（あとなぜか知らないけれど釣りが好きで、携帯の待ち受け画像が雷魚の写真だった。釣り上げた雷魚の。21歳の保育科学生のギャルだと思っていたが、もしかしたら、51歳の男だったかもしれない）で、バカラが大好きだったユリさんとは関内のカジノでよく遊ぶ仲だったらしい。私は109でバカ買いした後、福引を27回引いて、すべて携帯保護シールとマジックカーラーだったほどのくじ運の持ち主なので、ギャンブルには興味がない。彼女たちがカジノで遊んだ後に、ジョナサンに集合して、だらだら喋ったり、お気に入りのホストを呼び出してぞろぞろ彼の店に飲みに行ったりする間柄だった。そもそも私は華音を通じてしかユリさんとは会ったことがなくて、携帯の番号もメールアドレスも、知らなかったし別に聞こうとも思っていなかった。

お尻が小さいのと高級マンションの件はまだ許せるとして、私を一番いらいらさせたのは、彼女の何の根拠もない横柄な態度である。彼女はジョナサンの店員にも担当ホストにもタクシーの運転手にも、等しく偉そうにしていた。敬語なんて使っているのは見たことがない。よほど泥酔していない限りは謙虚であることを信条としている私とは対照的に、ホストクラブの内勤のおじさんを呼び捨てにしていたし、なんか多少はお金使わないとワガママとか言いづらいと思っていた私とは対照的に、高額な支払いをすることなく（ごくたまに気分でシャンパンを飲んだりテキーラを飲んだりしていた。それもまたスマートすぎて腹立つ）、一席しかないカーテン付きのＶＩＰ席に居座っては、店のそこそこ偉い幹部ホストたちとギャーギャー騒いでいた。担当は確かトモヤさんという店の副代表だったが、タカというちょっと太ったヘルプがお気に入りで、トモヤさんが席につくことは少なく、いつもタカといちゃついていた。タカと明け方の弁天通で思いっきりベロチューしているところを、なぜかインスタントカメラで写真に撮らされ、なぜか焼き増しまでさせられたこともある。

ユリさんはよく、「男にお金貢がせて楽しむのは三流だけど、男にお金使って楽しむのもまだ二流だから」的なことを言っていた。当時まだまだ自分の遊び方が定まっていなくて、お金の価値も使い方も何もわからなかった私は、それがすごく憎い半面、羨ましかった。カジノで平気で50万とか使っちゃう彼女の、ホストクラブでの支払いはせいぜい5万円で、それでも誰より大事にされている感じが、ずるくてずるくて仕方なかった。ユリさんはトモヤさんがどんな女の子を連れていようと意に介さない様子で、自分は自分で楽しんでいる。当時その店のツヨシという（堂本剛に似ているから、という理由でつけた源氏名らしいが、似てなかった。寺門ジモンに似ていた。でも当時は堂本剛よりも全然かっこいいと思っていた。私は自分の美的センスと恋愛中の視力を心から呪う）担当に、燃えさかる恋心を抱えていた私はその横で、担当がトイレに立つだけで泣きそうになる。どうしたら彼女のように振る舞えるのか、それこそ爪の垢《あか》でも煎《せん》じて飲めばいいのか、でも彼女のスカルプネイルの垢を煎じたところで、彼女のようになれるわけでないことはわかるし、当時の私は軽めに彼女の真似をしてみては、すぐに恋愛体質のぼろが出る、なかなかダサい女だった。

連絡先を交換した理由は、確か華音が保育科の実習でしばらく夜のバイトを休み、夜遊びも無理、ということになったので、じゃあ直接連絡とって遊ぼう、とかそんなくだらない理由だったと思う。結局私も大学の試験とか大学院の入試とかツヨシに冷めたとかそんな理由で、華音の留守中にユリさんと遊んだのは一回きりだった。お互いの店が終わった深夜2時頃にシーサイドの前で待ち合わせて、ボーイズバーでカラオケをして、ガストでお茶をして、どんな流れか私はユリさんのおうちに泊まることになった。山下公園が見下ろせて、でも中華街の雑踏からはそれなりに離れている、ということだけは知っていた高級マンションは、ロビーに嫌みなソファやテーブルがならんでいて、エレベーターは、私の住んでいたマンションとは比べものにならないくらい重い扉で、しかもぐんぐん上に上がって気づいたら22階で、鍵を開けたユリさんの部屋の玄関は想像通りのつるつるした石で出来ていて、高級靴がならんでいて、入ってすぐ右にあるベッドルームには、ユリさんよりずいぶん若い、長い髪の毛を不自然にスジ盛りにした男が寝ていた。「それ？　うちの男」

とユリさんは教えてくれた。

「歌舞伎町に行きたいっていって行ったんだけどね。すぐ戻ってきちゃった。本当は多分ホストじゃなくてレストランとか、そういうのがやりたいの。でもお金ないから、今売れてないし家もないからね、とりあえずここに住んでるの。ベッドでアイスとか食べるのが本当に嫌」

寝ているような格好だった男は実は意識があって、私は軽めに挨拶した。なんとなく、多分レストランを経営するとか、そんなことは一生できなさそうな男だと思った。歌舞伎町から福富町に戻ってきたというのが、どうしてもしっくりきてしまう男だった。ユリさんがカズと呼んでいた男をそのままベッドに残し、私は奥の広いリビングに通された。

「カズくんはホストなんですね」

「超だめなホストだけどね」

「ふーん。彼のお店には行かないんですか？」

「行かない。歌舞伎町にいた時、何回か行ったけど、精神衛生上悪い」

「歌舞伎町のどこにいたんですか？　私、もうすぐ新宿の近くに引っ越すんですよ」

「Eって店。別に有名じゃない。遊ぶなら有名店がいいよ。でも最初の10回は最低料金くらいで遊ばなきゃだめよ、それに、ホストに頼まれて何かしちゃだめだよ。自分のお金は最後の1円まできっちり自分のために使う。ホストクラブだろうとブランド品だろうと同じだよ」

　いつのまにか歌舞伎町レクチャーをしていた彼女は、いつもの高飛車なユリさんに戻っていたが、私は彼女のことを嫌いじゃなくなっていた。スジ盛りもきまらない、かなわない夢を語るだめなホストに夢中で、トイレに立ったら泣いちゃうどころか、彼のお店に行くことすらできない、それでも好きだから生活の面倒はみてしまう、そんな彼女は、私と同じくらいには不幸で、私と同じくらいには面倒くさい女だった。

ユリさんの部屋はちょっとタバコ臭かったけど、アロマのいい匂いもして、トイレもお風呂も綺麗で、でももしかしたら親がビルをいくつも持ってるとか、高級クラブのお客さんが毎月いくらくれるとか、そんな話も嘘かもしれないなと思った。

私は少しだけソファで寝て、昼になる前に彼女の家を出た。夜はなんとなくキラキラしたマンションと見晴らしのいい公園が劣等感を誘う彼女の家の前の通りは、昼間に見ると、それなりに汚くてそれなりに雑多で、夏らしい腐敗臭も、電柱ごとにある乾ききっていないゲロ溜まりも、関内の裏手の私が住んでいた通りと大して変わらなかった。それから彼女とは、ごくたまにメールをするくらいで、会ってはいない。メールも数年前からはしなくなった。私は宣言通り、大学院と歌舞伎町に通いやすい立地に部屋を借りて、横浜にはたまにしか遊びに行かなくなったし、共通の知人だった元スカウトマンによれば、彼女もどこかへ引っ越したらしい。

私は私が知っていた頃のユリさんの年齢を、もう2年も前に超えてしまった。だめなやつとだめな生活をしていた不幸な彼女は、私にとっては心強かった。と、同時に、ホストクラブで内勤にため口の高飛車な彼女にも、結局私は憧れていた。だから今でも、時々彼女の真似をして、髪をストレートにセットして、腕を組んで足も組んで、

「お前つかえねー、はい、飲んでー」とかやってみて、やっぱり似合わなくて後悔する。でも今でも、自分のお金は最後の１円まで自分のためにきっちり使うようにしているし、六本木や歌舞伎町で、どんなに嫌みな高飛車女とすれ違っても、高飛車なカノジョたちの綻《ほころ》びを妄想して、にやにやしながら通り過ぎる。

19
嫁さんになれよだなんてドンペリニヨン２本で言ってしまっていいの？

いろいろあったけどホスト辞めます、そして２年間エースとして支えてくれた娘と結婚します！　というのは、全国のホスト好きのオネエサン方が、涎《よだれ》を垂らして喜ぶ都市伝説。そのエースがソープ嬢だったりすると涎が２倍。しかしその都市伝説を文字通り地味に体現しているオンナがいる。

先週、仕事も休みの気怠《けだる》い平日の夜に、私が自宅でこの世の全てを敵に回しても人に見せられない姿（具体的に言うと、前日つけていたブラジャーと昔ギャル服屋で買ったスウェット生地で蛍光緑色のショートパンツ、髪はちょんまげ、左足にギプス）で、昼間の再放送を録りだめしていた『リッチマン、プアウーマン』を見ていたら（いかんせん骨折していてどこにも行けなかったので）、以前はしょっちゅう「ドラマ会」と称して、うちに1週間近く泊まりこんで、ひたすらドラマのDVDを見たりお菓子食べたり人の悪口言ったりしていた親友サチから電話がかかってきた。

「スズミィナ～♪　8月何してる⁇」

彼女の人柄は複雑で、妙に馴《な》れ馴《な》れしく、自分のことをサッチと呼んだりメールアドレスが未だにラブラブサチチャンだったりするかと思えば、元グラビアアイドルらしく変なところで高飛車で、オトコに厳しく自分に甘い。ショボイ、というのが彼女の中の最大の蔑《さげす》み言葉で、同時に人生で最も避けたい事態だった。しかし、以前テレビに「羞恥心」というグループが出ていた時、「シャジシン」と読んでいた。顔は新山千春に似ていて、原宿の路面店で売っていそうな女の子らしい服を着ると、未だに20代前半の売れないグラビアアイドルに見える。

「8月、範囲広いな、普通に会社と、休みは特に決まってないよ」

脈絡がなく唐突な彼女の会話に、私がまじめに答えるのが、昔からの私たちの会話スタイルである。彼女はよくわからない私の長い話もまじめに辛抱強く聞くかわりに、ほとんど覚えていない。そして唐突にまた、違う話題に突入する。

「うちの実家って下町って感じだよね？」

「葛飾でしょ？　イメージはそうだけど、あんたんとこ、わりと新しいマンションじゃない」

「そう、で、その葛飾の実家、なくなるっぽいの。親が名古屋に引っ越すかもって」

「え？　そうなの？　生まれてからずっと東京でしょう？」

「うん、だけど、私ももう住んでないし、親2人とも定年だし」

彼女は5年前に、生まれ育った東京を出て、九州は長崎のお洒落な教会で結婚式を挙げ、今はそのまま九州の旦那の実家の近くにある、地方都市らしいショボイマンションに息子と旦那と住んでいる。最近、年賀状やＬＩＮＥで送ってくる写真では、スナイデルやデイシーやジェラートピケ[22]を、わざわざネットで取り寄せて、精一杯お洒落して写ってはいるけれど、背景にはださいショッピングモールやアンパンマンや回転寿司が写っている。

「そうなんだ。それで8月はなんなの？」

たとえちょっと久々に電話をしていたとしても、私は彼女に、最近何してる、なんてことは聞かない。彼女も、そんなことは滅多に言わない。大抵は、見てるドラマの話や、昔の知り合いのうわさ話をするくらいだ。

「で、実家がなくなる前に、今年は長めに東京に行こうと思って」

「東京で何するのー？」

「それを相談したくて電話したんだよ、チビもいるからさ、なんか楽しいとこ行こうよ」

「そうだね、考えとくー。久しぶりに会えるの楽しみだ」

その後、最近マキコはどうしてる、とか、ヒロコの20歳年上の彼氏が糖尿病だとかいう話をして、この間『ゴシップガール』を民放で深夜に放送していた、なんてことも話して、私たちは電話を切った。去年彼女がお盆の少し前に東京に来た時は、3歳になる寸前だった彼女の息子も連れて、ディズニーランドに行った。その前は、まだ大人しくできないその息子が走り回れるという条件で、ハイアットリージェンシー東京のブッフェで昼食を食べた。今年はもう4歳になる息子を連れて、どこに行こうか、という話だが、正直私は3歳と4歳の違いも、4歳児を連れて楽しめる場所も、皆目見当がつかない。

彼女とは、彼女がグラビアアイドルをしながら六本木のそこそこ高級なクラブのエスコートのバイトをしていた頃に、とある雑誌の撮影現場で出会った。東京にいた頃の彼女は、葛飾の実家が六本木にあったバイト先のクラブに十分に通える距離なのにもかかわらず、わざわざ代々木公園に質素だけれどもショボくはないマンションを借りていた。「大人会」と称して、1人5000円以上のランチをドレスコードをつって食べに行くのが私たちのお気に入りの遊びだった。私は横浜から下北沢に引っ越したばかりで、下北沢の簡素でだだっ広い部屋を持て余していたこともあり、しょっちゅう彼女を連れ込んで、深夜にくだらないお洒落をして遊びに出かけたり、遊びに行った先で一度別行動してまた合流してうちに戻ってまたドラマのDVDを見たり、酔っ払って新宿のドン・キホーテにいって悪趣味な部屋着を買い込んだり、ついでにチャイナ・ドレスも買ったり、それで次の晩はそのチャイナ・ドレスでクラブに行ったりしていた。

彼女は手ブラ（手で乳首を隠して写真に写ること）もNGの、大きめの水着で砂浜を駆け巡るタイプのグラビア娘で、しかも隣に座る接客はちょっと抵抗があるからと、正直ホステスより美人なのにお店ではエスコートに徹しているなかなかカッコいい女だった。そして、友達が、例えば私が、手ブラだろうと乳首を出そうと、隣で座ってガッツリ飲み専な接客をしていようと、別に批評をしないおおらかさがあった。お互いの直近の元カレがホストなのも、私たちの友情を加速させた。そして元カレと言いつつ、お互いがその元カレと、結局ひっついたり離れたりしていたのも、よく似ていた。

私も彼女も、今よりずっと涙もろくて、カラオケに入ったのに結局お互いボックスの外で、2時間それぞれのオトコに電話しっぱなし、みたいな無駄なこともした。もっとずっと条件の良いオトコとの合コンに2人で参加して、結局元カレの家にそれぞれ帰っていったりもした。彼女の元カレであるタイちゃんは、九州男児らしい、振り切った亭主関白で、靴下を履かせたり、お風呂で背中を洗ったりするのも彼女の役目だった。彼女が夜遅くに帰ると、彼女の荷物が部屋のドアの外に積まれていたり、コップに入ったビールを頭からかけられたりしていた。私は彼女の元カレよりは、私の元カレの方がマシだと本気で思っていた。だから未練がましかったのか、と言われればそうかもしれない。

　私たちの元カレは、スーツを着て髪をセットすると、両方超男前だった。今の歌舞伎町じゃちょっと見ないくらいに髪が逆毛立っていたし、もうさすがにダサいと言われるくらいのアクセジャラジャラ野郎だったけれど、装飾品の数だけ、彼ら自身もキラキラしていた。それでも、私たちはやっぱり幸福にならなきゃいけない気がして、キャバクラのお客さんや大学の先輩に頼んで、昼間のオトコたちとも飲みまくった。一時期、元カレと完全には切れないままに、2人とも同じ会社のホワイトカラーの男の人と付き合っていたこともあり、ある日その片方のサーファー電通マンが持っていた千葉の別荘に、1泊で泊まりにいって、その1ヶ月後、サチは妊娠した。

　妊娠がわかったのはなんと私が下北沢の部屋を1年で引き払って、代わりに住み始めた芝浦のマンションのトイレだった。気休め程度に私がトイレにストックしていた妊娠検査薬を使って、「妊娠やっぱりしてるー」と彼女は言った。誰の子供かは、彼女自身ははっきりわかっているようだった。よくよく聞いたら、サーファー電通マンとは、キスしかしていなかった。サーファー電通マンの子供だったら人生楽だったのに、と、私も他の友達も思っていたし、彼女自身、私たちがそう思っていることは知っていたと思う。タイちゃんは、ブツブツ言いながらも、髪を黒く染めて、漫画みたいに彼女の親に挨拶しにきた。つわりで苦しんでる彼女に、相変わらず靴下を履かせる役目はおわせていたが、なんだかんだ段取り良く、実家の電気販売店のインターネット事業部長に就任、歌舞伎町の仲間は、結婚式には来なかった。

彼女はエースでもソープ嬢でもなかったけど、別に一切お店に行かない彼女でもなかった。別れたり付き合ったり別れたりしていたが、結局彼女はサーファーも弁護士も、勿論ヤケクソで飲みに入った他店の担当も、全然好きじゃなかった。2年間タイちゃんのことでしか、泣いていなかった。私はサーファー電通マンとも、キスしかしなかったということもないし、逆毛の元カレのことだって、彼女と同じような境遇に悩むのが楽しかっただけだったのか、サチの結婚式以後、なんとなく疎遠になった。彼女は取捨選択、何よりもその「捨」に潔く、また明快だった。

今も、年に1度東京に戻ってくると、サチはぶつぶつ旦那の文句ばかり言っている。そもそもホストなんて、新宿区外で見るとなんとなく間の抜けた存在で、さらにタイちゃんに関して言えば、12キロ太って髪は変な散切《ざんぎ》り頭で、年賀状の写真すらショボイ服を着ていたりする。彼女に付き合って行った、タイちゃんの誕生日を祝う店のイベントで、煽《あお》られて私たちが1本ずつ卸したドンペリを頭からかぶって、最終的にはつぶれていた頃の、キラキラの粉末は残っていない。あの頃私たちはショボくなくて、しょっちゅう泣いていたけどその涙すら商品になるような万能さがあった。でもサチは私の前で泣かなくなったから、旦那の前で泣けるようになったんだと思う。

22―女子力が高い、ということを宣伝するためだけに全国の女子がこぞって部屋で着ている部屋着ブランド。着心地がいい、と彼女たちは言うが、そんなこと言ったらユニクロのフリース素材のパジャマだって着心地はいい。

20 これからの性器の話をしよう

恋って本当に骨の折れる作業だと思う。ただの友人関係であれば、信頼とか気遣いとかそういう人間的な理由で省略できるようなことを、いちいちこなしていかないと、なかなか彼氏・彼女関係というのが円滑に維持できない。毎日メールするとか、誕生日と記念日は仕事を調整して空けておくとか、浮気を疑われないように携帯のロック番号をいちいち変えるとか、彼のフェイスブックに怪しいオンナがいないか目を皿のようにしてチェックするとか、彼女の過去の交友関係を洗うとか、彼の職場にスパイを仕込むとか、シャワーを浴びた後にすっぴんと見せかけて眉毛だけ描くとか、ああ本当に骨が折れる。

ということで私、6月末の土曜日の深夜、東京は恋の街！　みたいなピチカート・ファイヴ崩れみたいな気分で夜の西麻布をスキップして帰っていたら、足の甲と踵《かかと》の骨を折ってしまった。朝9時に起きたら足の甲が3倍くらいに腫れ上がっていてまずびっくり。くわえて玄関をどんなに凝視しても、前日履いていた靴が片方しかなくてさらにびっくり。さすがにスキップはできず、野宮真貴に似ていなくもないけどどちらかというと松たか子に似ている親友に家まで来てもらい、都立広尾病院の救急外来までひきずっていってもらうはめになりましたとさ。診察室に入ると、日曜日の病院らしい、若くて面倒なことが嫌いそうなお医者さんが出てきて、根掘り葉掘りいろんなことを聞かれた。「昨日はお酒を飲んでいましたか？」とか。「松葉杖使ったことありますか？」「薬のアレルギーはありますか？」とか。

そんな質問に紛れて「妊娠されている可能性はありますか？」とも聞かれ、そんな可能性ないんですが、そう言えば本当に絶対ないな、と自分で感心してしまい、ちょっと間が空いたのを気遣ったのか、お医者さんが「可能性がありましたら薬を処方する前に検査しますか？」としらけた顔で尋ねてきたので、「いいえ、違うんです、ただなんか小野小町の歌が頭の中でリフレインしてるというか、昔はちょいちょいあったんですよ、妊娠の可能性。見た目もそりゃ別にとびっきりの美人であったことはないけれども若さも手伝ってまあまあだったし、脱毛とか最後の1本まで綺麗にしないと気が済まなかったし、でも本当に最近そういう妊娠の可能性を生み出すようなことは滅多にしない、というかそもそも5日前まで生理だったから、記憶をたどるまでもないんですが」とは勿論口に出さず、「いえ、すみません、なんでもないです、足が痛くて。可能性はないです」と言いながら、女と女の性器の関係について思いを巡らせてしまった。

ちょっと脱線するけど、私は若いかわいこちゃんたちを、それなりにバカにしつつそれなりに愛しているので、そういう娘たちと話すとき、22歳くらいまでに、超イケメンとか超偉い人とか、とにかく超がつく人も含めて、それなりの数の男の人と寝といたほうがいい、とか言ってみる。半分は意地悪だけど、半分は優しさだ。初めて芸能人とXXする、とか、初めてヤクザさんとXXする、とか、初めて大学教授とXXする、初めて社長と、初めてホストと、初めて年下と、初めて自分より体重軽い人と、となると、それなりに浮かれたり緊張したりするのであって、そんな浮かれっぷりやがちがちな感じというのは若いかわいこちゃんであればこそ許されるものなのである。若いうちに、その初めてシリーズを消化してしまえば、本当に超好きな人と寝るときに、そいつが超イケメン俳優であろうと超有名企業の社長であろうと自分より体重が軽かろうと、前にもこんなことあった、という2回目の余裕で、それなりに冷静に美しい姿を保ちながら勇んでゆけるのである。

ただし、そういう、汎用性が高い女性器時代というのは若い時に限られるのであって、オネエサンもオネエサン、それも大分とうのたったオネエサンになってからは、やっぱりよっぽど好きな人ができるか、或いはよっぽどうっかりするかしないと、オトコと寝るなんてことはしなくなる。なんか疲れるというか生気吸い取られる感じがするというか。あとよっぽど酔っ払った時、というのがあるけれど、ワタシとか泥酔するともっぱら骨折をしているんであって、やはりそんなにセクシーな事態にはなっていない。そうなってくると、若い時みたいに、鏡で日々アソコのチェックをしたり、毛が1本でも生えていないか気にしたり、どんな下着もかならずパンティライナー（別名・下り物シート）をつけて大事にしたり、それでそのパンティライナーをホテルのどのタイミングで外すのがベストか考えたりも、しばらくしていない。

私の知り合いで「生理を自在に操れる！」という、雑誌の胡散《うさん》臭い広告のような特技を持ったオネエサンがいる。アソコに力を入れるとまるでオシッコ我慢するみたいに、生理の血を中にとじ込められて、ちょいちょいトイレでパシャッと出すんだって。名をアンナという36歳のそのオネエサン、元々は歌舞伎町にある有名なキャバクラのオネエサンだったのだが、30歳を超えてから泡姫になられた。結構な美人で、ひと月の化粧品やエステ代は私の月収並みである。自分に似合う服をよく知っていて、写真写りも抜群だ。で、その特技も、一日6人の殿方のお相手をするスペシャリストだからこそ、磨きに磨いた結晶なのである。か、というと、そうとも言い切れない。

夜のオネエサンで、具体的にセックスをお仕事にしている人たちはいるものの、その人たちが必ずしもアソコ関係の事情に精通しているわけでもない。しょっちゅう性病になるデリヘル嬢もいるし、毛の処理なんてしたことない、というAV女優もいる。アンナねえさんの場合、〝必殺生理とじ込め〟以外にも、シャワーの水をアソコに押し当てて、アソコの中に水を含み、10秒ほどそのまま体内に水をとじ込めた後に、ばしゃっと出してアソコを洗ったり（下り物が出なくなるらしい）、好きな人のことを考えて愛液を出してアソコの調子を整えたり（ちょっとセックスしていない期間とかたまに愛液を出さないと、粘膜の具合が悪くなるらしい）と、性器関連には並々ならぬ情熱と、それを裏付ける技術に卓越しているのである。

うって変わって私の昔の友達であるヨウコねえさんは、SM・レズ系AV女優という職業も手伝って、アソコでタバコを吸ってみたり、自分で潮吹きが出来たり、イベントでアソコから旗を出したりと、何かと性器に対してサディスティックな試みを続けていらっしゃった。そして子宮系の病気になって、仕事を辞めてしまわれた。ちなみに彼女のペニスバンドさばきは、そんじょそこらのAV女優が、現場でちょこっと教わってレズものに挑戦してみる、とかいうノリのものとは比べ物にならないくらい、相手の女の子の身体とカメラマンのアングルを気にかけた、美しくて素晴らしいものだった。サンデル教授も感心するであろう。

彼女たちを思い出して私は、女と女の性器の関係って、それなりに女の立ち位置と関係してるんだわ、とか思う。アンナねえさんは、女の商品としての価値にとても敏感だ。だから時計屋の行商が、白い手袋でそっとフランク・ミュラーとか取り出すように、丁寧にアソコを扱って、手入れも怠らない。ヨウコねえさんは、労働者としての誇りを大事にしておられた。だからちょっと体育会のノリで、部下を鍛えるようにアソコを鍛えた。女はいるだけで100万ドルの価値があるけど、働けば労働者にも雇用者にもなるし、でも女って商売はやっぱり常にショウビズなんだから、自分のパフォーマンスに自覚的であることは、大事なのだなとつくづく思う。アンナさんもヨウコさんも、はっきりした立ち位置があるからこそ、アソコとの関係がしっかりしていたんだろう。

私は最近もうなんか脱毛サロンに通うのも面倒くさくなって、原点に返ってT字カミソリでよくね？　という気分になっていて、でも、ことアソコに関しては一時期執拗にレーザー脱毛しきったから、雑草的なか細いヘアーしか生えてこなくて、ギプスはめてる身ではそれを剃ることも叶《かな》わぬ。でもなんとなくパンティライナーはつけたりもするし、アソコ専用石鹼とか一応持ってるし、たまにはアンナねえさんから教わった膣トレーニングとかしようとして、なんか疲れるからやっぱやめたりしているし、いろいろと定まっていないことはたしか。足の骨を固めるついでに身も固めてやろうか、とか、でもやっぱりまだ東京でふわっと咲き誇りたいの、とか、30歳の年も、まだ定まらずにそろそろ終わる感じである。とりあえず、骨を折っている場合じゃない。

21

24のヒトミちゃん

微妙な時間が空いた時など、新宿のアルタの横を靖国通りの方へ向かって歩いて、声をかけてくるスカウトマンと別にどちらの稼ぎにもつながらない無駄話をだらだらする、というのは悪くない選択肢だと思う。現役の夜のオネエサン方は、この行為をいたく嫌うが、非・現役でミーハーのこちらとしては、今はどこのエリアのどこの店が流行ってるだとか、最近こんな職種が登場しただとかいう情報はありがたいし、私は水商売ならどのランク、風俗やAVならどのランクであれば稼げるらしい、と自分の時給や単価を値踏みされるのもそれなりに楽しい。

そもそも私はスカウトマンが好きなのであった。どれくらい好きかというと、自分が勤めていたキャバクラとは別のキャバクラのスカウト兼ボーイと一瞬同棲していたくらいに。どこぞの作家知事のおかげで数は少なくなったが、まあ勿論そんなものに封じきれるほど、彼らの需要も女子の需要も彼らのサバイバル能力も低くない。しかし彼らも、ほとんど一筋の可能性にかけて惰性で声をかけてくるので、こちらの無駄話にもそれなりに付き合ってくれる。よっぽど信頼できそうなオトコと出会えば、女友達が仕事を探してる時に紹介したりすることもあるので、私も1ミクロンのメリットを、一応提供しているはず、と罪悪感に蓋をする。

先日、午前中にカフェアヤで腐女子系風俗嬢の話をちょこっと聞いた後、電車に乗ろうとアルタの方まで戻っていたら、4年間ホストをやっていて、1年半前にスカウトマンに転身したというペタンコな茶髪のオニイサン（26）がくい気味に声をかけてきた。聞けば1年半死ぬ気で勉強して、キャスト60人を抱えるそれなりに「できるスカウトマン」になれたのだと言うし、私におすすめなお店は渋谷区にある交際クラブだと言うし、私は27歳に見えると言うし♥、最近ソープは高級店よりもちょい高級風な大衆店の方がすぐに稼げると言うし、歌舞伎町のキャバクラは思っているほどあがったりでもないと言うし、さてだらだらした話も十分聞けたしタバコを買って駅に向かうとするか、と「そろそろ行かねばフラグ」を出したら、今度は彼が、私にとってはどうでもいい無駄話をしだした。俺のこと好きなデリヘル嬢が今日焼き肉奢ってくれるんだ、とか。いや、私も来ていいよ、ついでに奢ってもらおうよ、とかならそれなりに興味があるけれども、別にそうじゃないなら特に興味ないし。この間、初めて一緒にホテルに行った娘の肩から背中にかけて、気合の入った和彫りを見つけてあそこが怯《ひる》んだ、とか。でも怯んだあそこをなんとか奮い立たせてしっかりコトには及んだらしいので特に興味なし。

　そんな話がまた長いので、私はついてくる彼を特に振り払いはしないもののそんなに気を遣わず、東口の喫煙所に入った。横に並んでタバコに火をつけた彼の手元を見ると、ジャスティン[23]の指輪が2つもついていて、話は去年別れた彼女にすごく似てる子が歌舞伎町の店にいて、なんか関係ないのにきまずい、という話題にうつっていて、なんかヒトミちゃんの元彼みたい、と懐かしく思った。ヒトミちゃんの元彼もまた、髪の毛と話の長い、憎めないスカウトマンだった。

ヒトミちゃんは、高級クラブでの女の子との人間関係をどうしてもうまく築けなくて悩んでいた頃、そのジャスティン指輪似のスカウトマン、後に彼氏（名前を忘れたのでスワンくんとでも呼ぼうか）と出会った。彼は彼女の悩みを全部聞いてくれて、呼び出せばいつでもまた話を聞いてくれて、彼女の家に来てくれて、ストーカーまがいの客の対処もしてくれて、もっと向く仕事も紹介してくれた。それは全部彼の仕事だが、彼女にはとても必要なものだった。

結局、彼の紹介で、彼女は企画単体AV女優になった。と同時に2人は代々木寄りの新宿で一緒に暮らしだした。私はこの頃ヒトミちゃんと出会ったのだが、彼女は「いっつも一緒にいて、家でごろごろしてお菓子食べてるから2人とも太った」というのが最大の悩み、というなかなか鬱陶しい状態で、報われない恋の真っ最中だった私は、ぶくぶく太って仕事なくなっちまえーとよく呪いをかけていた。勿論そんな呪いむなしく、スワンくんの仕事もそれなりに快調で、ヒトミちゃんの仕事は絶好調だった。

人間関係に悩みやすかったヒトミちゃんは、スワンくんといることで角がとれて、プロダクションの事務所や撮影現場でもよく笑っていた。「彼氏とかに仕事隠してる子はいっつもどこか不安でしょうがないんだろうな」と、自分の恵まれた環境を自覚しながら幸福に仕事に打ち込めているようだった。スカウトマン好きの私はその効果がよくわかった。彼らは女の子たちを抱えて、仕事関係を超えたあらゆるものの相談役になる。お兄さん的役割と、保健室の先生みたいな役割と、勿論仕事を紹介する役割と、時に彼氏的役割を、バランスよく提供できるスカウトマンは息が長い。女の子は、後ろから抱っこしてくれるような、彼らの存在にそんなに悪い意味じゃなくても、依存しやすい。特に親に言っていないような仕事をしている女の子たちにとっては。そして彼氏もいないか、或いは仕事を隠しているとか、同じような仕事の気の合う友達のいない女の子たちにとっては。たとえそれほど孤独を感じていなかったとしても、目が痛い、だとか、今の店長とはどうしてもそりが合わないだとか、家のドアの調子が悪いだとか、そういったことを夜中に電話して相談できる彼らの存在は、私たちには頼もしかった。

スカウトマンとしても、依存してもらえれば彼女がまた別の店舗に移籍する時にも仕事になるし、それなりにギブアンドテイクの関係であり、彼女にしてしまえばそれこそ切れたり他のスカウトマンと品比べされる心配もない。そしてその居心地のよい関係は継続する。スカウトマンと付き合っている女の子は夜の仕事をあがることは少ないし、スカウトマンはその彼女を余程イタくなければ手放さない。

だからヒトミちゃんが24歳になったばかりの4月、AV女優業を引退する、と言い出したタイミングが、スワンくんとの致命的な喧嘩別れの時期と一致していたことには、私はそれほど驚かなかった。彼女は「確かに仕事上でもしがらみのある関係だったし、私の仕事で彼のお財布にオカネが入ったのも事実だけど、私は彼が仕事のためだけに私と住んでたとは思えないし、手懐《てなず》けて縛っておくために彼女にしたんじゃないことはわかる」と言い切るくらいには、しっかりと二足歩行をする女だった。でも、夜の世界を生き抜く、彼女にとってのクッションを手放したヒトミちゃんは、夜を出て行った。

夜のオネエサン方は、思った以上に強《したた》かな側面を見せることもあるが、思った以上に脆《もろ》い側面が露呈することもある。一部のオネエサンにとっては、脆い側面を受け止めてくれるスカウトマンとの関係は、夜の世界にいようと思えるかどうかを占うほどの重要なものだったりする。私も夜のオネエサン時代には、友達より友達っぽくてお兄さんよりお兄さんぽくて時に彼氏より彼氏っぽいスカウトマンによく電話していた。昼の世界だけになると、そんな「後ろから抱っこ」してくれるような人はいなくて、なんだか味気ないな、と思う。でも、最後にヒトミちゃんとデニーズでご飯を食べた時に彼女が言ったことは、今でも時々考える。「仕事してる時とか、たまに、彼に売り払われてる、って感じる時はあったよ。でもさ、売り払った私がさ、仕事終われば彼氏の家に戻ってくるわけじゃん。売り払っても売り払っても、手元に残る私ってなんだろう、変な感じ、と思ってた。身体を売る、とかいうのもそういえばそうだよね、売った身体はそのまま自分のものだもんね」。

スワンくんは、自分で売り払ったヒトミちゃんの身体を、毎晩抱いて寝ていた。結局は手放してしまったけれど。スワンくんが手放したヒトミちゃんの身体は、自分の身体を売って夜を生きていたヒトミちゃん自身の手元には残っている。知らない男優に抱かれた身体も、スワンくんが後ろから抱っこしていた身体も、そのまま抱えて、彼女はスイーツ屋に就職した。私もまた、夜の世界で値段の付けられていた身体を、スカウトマンが何度か手元に残しながら最終的には手放した身体を、抱えて地下鉄で会社に通っている。1回のなにがしかで3億個も放出される精子は、どんどん新規生成されるけど、私たちの身体は使い回しだもん。何度もスカウトマンに救われたけど、なんかやっぱオトコってずるいな、と思いながら私は、ジャスティンの指輪って指が細く見える気がして、ちょっと着けてみようかな、という気分になっている。

23―シルバーアクセサリーが人気のブランド「ジャスティン デイビス」。クロムハーツより大分安いのですが、王道クロムハーツより、あえてのジャスティンを着ける方がオサレだと言う自己申告もたまに聞く。

22

鍵をなくした夜セックスなしで一緒にいてくれるオトコ何人いる？

何も私は、白いおうちでレースを編むのよ的な生活が羨ましくてしょうがない、というほどではなくて、基本的には自由気ままなシングルガール生活をわりと満喫しているクチなんだけど、時々どうしようもなく、なぜあの時のプロポーズ断っちゃったんだろう、と泣きたくなる時があって、それは鍵をなくした夜に訪れるのである。先日、仕事が奇跡的に早く片付いたので、一度帰って着替え、天現寺の近くでお洒落なウェブデザイン事務所をやっているお洒落な男友達を誘ってお洒落な表参道のお洒落なカフェでお洒落OLらしく有機野菜プレートとケーキとか食べて、仕事に戻るお洒落な友人を見送り、飲みに行く時間まで余裕もあったし、梅雨入り前日の気持ちの良い天気だったので、お洒落な表参道を原宿駅まで歩いてみたら、竹下口の改札を入ってすぐのトイレにキーケース（現在も絶賛紛失中です。ディオールのキルティングのキーケースを見たら至急ご連絡を）を置き忘れてしまった。山手線が新宿に止まったところでそれに気づいて、すぐに引き返したけれども、どこかの心優しい人が、悪い人に拾われて悪用されちゃまずいだろうという親切心からそっとバッグに潜ませてくれたのか、トイレにも改札の事務所にも私の鍵はない。

とにかく原宿駅のコンコースにて私は、改札を出るためのSuica機能付きJALカードも、身分を証明する免許証も、自分の家に入るための鍵もない女になってしまった。問題は、私が慣れないお洒落感と健康志向を発揮して、精力のつかなさそうな食事をした上に、その後表参道から原宿駅まで歩いたので、トイレで用を済ませた後、棚に置いたキーケースをとる元気も残っていなかったとか、生理だったから飲みに行く前にタンポン変えとこうかなって思ったとか、そもそも鍵とJALカードと免許証を一緒のケースに入れているとか、久しぶりに昔好きだった男友達とカフェデートとかして浮足立ってたとか、そういうことでは多分ない。私がどうやってこの鍵のない夜をやり過ごすか、ということである。

どうでもいいけれども、私が抱える強いフェティシズムのうちの1つに、制服を着ている男を前にするとどうにも従順になってしまう、というのがある（ちなみにもう1つはお兄ちゃん、つまり妹や弟がいる男に弱かったりするのだけど、先を急ぐのでその話はまた今度）。イケメンだけどいまいち仕切りの悪い若い駅員さんと、オジサンだけど世話好きそうな駅員さん2人を前に、うーん例えば今日、「鍵がないならうち泊まれよ」ってこの2人に言われたらどっちがいいかな、とかいうことをちらっと思って、当然どちらにも誘われず、でも優しく慰めてもらいながら、言われるがままにカード会社に電話してカードの機能を止め、駅の落し物登録を済ませた私は、名残《なごり》惜しい気持ちで改札を出て、原宿警察まで文字通りふらふらと歩きながら、今夜行くべきところを考えていた。

時刻はすでに21時。鍵業者を呼ぶことはできるが、深夜料金もかかるし、なんとなくまだ誰かに拾われてキーケースが戻ってくる望みを捨てきれなくて、鍵交換は夜が明けてからするつもりだった。この時間であれば鎌倉の実家に帰る、という手もある。しかし明日仕事の前に鍵交換しなくちゃいけなくて、飲みに行く予定もあって、一回帰ったせいで会社行く上品服脱いでスラッティーな安い服着てて、生理で落ち込んでて、とてもうちのママ（汚いものとだらしないものがこの世に存在すること自体を不思議に思うミセス完璧主義）の、「ワタシがあんたの年の頃にはすでにマンション買えるくらいの貯金はあったし運命の人と結婚してた」説教を聞く気にはなれず。

一番現実的で、誰も傷つけず自分も傷つかない手立てとしては、私の部屋の鍵を持っている母親以外の人物に連絡をとって、とにかく鍵を受け取りにいく、ということだった。鍵を持っている人物はたったの2人。1人は私の東京の姉であるマコねえさん。何のしがらみもなく、鍵をなくした同情でラーメンでも奢ってくれそうな勢いである。もう1人は半年前まで恋仲だったオトコ、Rくん。しがらみしかない。私は竹下通りでロリータ・ファッションの白人女性にぶつかられながら、マコねえさんに電話をかけた。3コールで出てくれるあたり、さすがである。

「妹よ、どうした？」

「マコねえさん、今どこにいますか？　実は」

「なんか最近腰が痛くてさー、知り合いに勧められて今鶴巻温泉に来てるのよ」

チーン。でも私はこういう女なのよ。基本的に人生の通常運転時は運がそれなりにいいほうで、まあそうじゃなかったら今まともに生きちゃいないと思うんですが、ここぞという時に奇跡的なタイミングの悪さを発揮するのである。日本舞踊の発表会の日に初潮がきたり。生まれて初めて浮気した夜に、彼氏がインフルエンザで苦しんでいたことを後で知ったり。去年は誕生日の夜中に会議が入っちゃったし。

仕方ないので、しがらみしかないRくんにも一応電話をかけてみる。「お客様の……」というauのオネエサンの乾いた声。着信拒否されてる。もしくは番号変えてる！　私が何をしたっていうの？　彼よりもちょっと好きな人ができて、電話とかデートとか冷たくなって、3回連続約束キャンセルした以外は何もしてないじゃない。別にその新しい好きな人とは、その後どうにもなっていないわよ。

こうして自分の部屋の鍵を手に入れる望みが断たれたところで、私は原宿警察に到着した。すでに通常業務を終えた警察署の1階窓口には、疲れた顔の刑事さんたちが3人。誰も制服を着ていないことに少しがっかりして、免許証の紛失届などを書きながら、「あーあ今日どうしようかな、鍵なかったらおうち入れない」と30歳過ぎてから日頃滅多に発揮しないけど、実は今でも割と得意な甘え声を出してみたところ、「若いお巡りさんたちいっぱいいるよーガハハハ」と、向こうが思っている以上に私にとっては切実に受け止めてしまうことを軽く言われ、「じゃあ紹介してくださいよー。独身だからこういうことになるんですよね、もう今年31歳なのに!」と言ったら、「ええ⁉ 31歳なの⁉」と、悪い気はしない驚き方をされ、でも、「なあなあこの子、31歳には見えないよな?」「おーい、お前の5歳も上なんだって、このオネエサン!」とか大声でその場にいなかったお巡りさんまで呼び出されて逆に恥ずかしくなり、「31歳かー、それならもうちょっとちゃんとしないとね」と、最終的には殺意しか残らない挨拶をされて、警察官と婚約することなく私は警察署を後にした。

肉体的価値がほぼゼロの31歳であっても、そもそも男性人口の方が多い現代日本であるが故、ヤるんなら泊めてくれるであろうオトコは何人か思いついた。しかし、当の私は生理3日目、生理中のセックスと寒い朝の仕事のアポイントをこよなく憎む素敵OLである。飲みに行くために飛び乗ったタクシーの中で、私は人生最愛の元カレに電話をかけた。何が最愛って、いろいろあるけど、何よりまだ独身なところである。そしてお家が私の家からタクシーワンメーターなところでもある。こんな時、女がどうしても頼りがちなのは、割ともめずに別れた元カレ群である。何度も泊まったことのある部屋だったりするし、運が良ければ洗面所の棚に私のコンタクトレンズの1つや2つとってあるし、セックスをするかしないかで気をもむこともないし、私が喜ぶ方法で慰めてくれる。ただし、31歳にもなると元カレ群はかなりの打率で結婚している。当日いきなりのお泊まりは、さすがに頼みにくい。独身広尾在住の元カレは「別にいいよー、おいでよ」と優しい声。ついに私は今夜、安心して眠れる場所を確保した。しかもこの元カレ、もとは大手デベロッパーのエリートくんであったが、私と別れた直後に独立して、今や社員20人の会社の経営者、運のいいことにお金持ちである。シクシクと泣きつけば、鍵の交換代金とか出してくれる可能性大♥

　さて、ここで思い悩まないタイプの女であれば、多分私は今頃商社か広告代理店のそれなりの高学歴サラリーマンと結婚している。私は何かというとすでに別れて4年経つこの元カレに頼りすぎなのである。東日本大震災の日には迎えに来てもらい、引っ越しの際には仲介業者を紹介してもらい、仕事で落ち込んで1人で眠れない日には一緒に寝てもらった。しかも、聞けばこの元カレ、現在26歳のかわいこちゃんとお付き合いを始めたばかりという。割と深く考えずにうかつなことをするところが彼のいいところでもあり、そんなところが嫌いで別れたのだけど、でも26歳かわいこちゃんの気持ちを思うと、うかつな彼に歯止めをかけるのは、いろんな意味でオネエサンである私ではないだろうか。嫌ですよね、付き合って間もないラブラブ彼氏が、とうのたった酒臭い元カノを家に泊めたりしたら。

混《こ》みあった飲み屋の一角で、私は手持ち無沙汰《ぶさた》に携帯をいじりながら、セックス無しのオトコ友達を物色していた。例えばリョウくん（仮名）。イベント・オーガナイザーの33歳。LINEで連絡したところ、「アゲハこいよ！　盛り上がってるよ！」とテンションの高いお返事。今からクラブでどの尻をふって踊る元気が残っているというのだ。変わってケンジ（本名）。大学の友人で、高円寺のギャラリー兼バーのオーナー店長。「今日じゃなくて明日じゃやだめ？」。いや、今日じゃなきゃだめ！　話聞いてないだろ。お次はリンタロウ（本名）。某キー局のドラマプロデューサー。返事なし。さくさくと次のイシダくん（仮名）。仲の良い報道記者。返事なし。シュン（仮名）。昔は毎日のようにカラオケとかダーツして遊んだ電通マン。「おー泊めてあげたいけど今出張で福岡！」

私はとても欲深くて、それは性欲が強いという意味ではなくてむしろ性欲なんてほとんどないと思うのだけど、いつでも男に、「私にサカってほしい」と思ってしまうところがある。そういうところは古い女なので、セックスはどうしても、お願いされてするもの、であり続けて欲しいのである。女がしたいんじゃなくて男がしたいものでなければいけないの。で、こうやって見回せば、結局私は自分にサカってくれる男しかまわりに置いておかなかった。私がピンチの時に助けてくれるとしたら、私のなけなしの自尊心を踏みにじらず、ちゃんとチンコ勃《た》てて「お願い、やらせて」と言ってくれる人でしかなくて、そういう人は私の性器が不具合なこんな夜には私を泊めてはくれないの。そして、私が私にサカらない男たちを邪険に扱ってきたのと同じように、彼らは私を邪険に扱った。

こういう時に、そもそも飲みに行かずに、ペニンシュラとかリッツに部屋をとって、朝ブッフェでコーヒーすすりながらマンションの管理会社に電話をかけるくらいの優雅さと逞しさがあれば、それを立派なシングルレディと呼ぶとも思う。でも鍵をなくして無力感しかない私は、見知らぬ人でもかまわないから震えるこの肩どうぞ抱きしめて欲しいの嵐を起こしてすべてを壊すの、と静香ダンスを踊ってしまう気分だったのだ。

結局男友達に呑気かつ邪険に扱われ、歌舞伎町で飲んでいるにも拘わらずホスト様たちにも特に誘われず、私は新宿は区役所通りを物凄《ものすご》い勢いで（この間、新宿で20代の女3人が31歳女性を鉄パイプで殴り殺したという事件があった後、歩くのが怖い弱気な私。ピンポイントの31歳だし）「おばさん無害だから頼むから鉄パイプで殴らないで！」と念じながら驀進《ばくしん》してタクシーに飛び乗り、広尾の元カレの家に向かい、「ごめんね、迷惑料、身体で払わないとだめかしら」と酔っ払ったついでにセクシーポーズを決めた所、「結構です」と2秒で返され、ことなきをえたのです。寝た後の仏のような彼の顔を拝みながら「26歳かわいこちゃん、ごめんね、でもこの人、私の肉体は全く欲さないから安心して！　そして、悪いけどトイレに置いてあるタンポン一個もらうね！」と唱えて、彼の家にあった、キャバ嬢時代の私のドレスとか久しぶりに着て、ファスナー閉まんないよ！　おい！　とか自分でつっこんで、リビングのソファで安心して夜を明かしたのである。

翌朝、無事に鍵交換を終えて、私が自分の城を取り戻したあたりで、私の携帯がLINEやメールで不快にブルブルしだした。「昨日連絡気付かなくてごめん、今度飲みに行こうよ」「無事お家はいれたー？」「連絡くれてたっしょ？　元気ー？」「久し振り！　鍵なくしたの？　相変わらずあほやな」。言っておくけど、あの夜、一緒にいてくれなかったオトコたちが死んでも、ワタシ、絶対お葬式行かないからっ！

23　大人はわかってくれない

単体AV女優だった同い年の友人アヤちゃんが、AVの仕事が絶好調だった22歳くらいの時、深めの夜にブログを更新していた。私は確か当時仲の良かった日本女子大の友人と歌舞伎町で飲んだ帰りに、ドン・キホーテで絶対一生着なさそうなチャイナ服をノリで買い、タクシーで途中まで一緒に帰ってきて、1人でさらに茶沢通りのセブン－イレブンに寄って深めの夜ならではの充実した品揃えに感動しながらどうでもいい弁当やお菓子を買い込み、それを食べながら部屋のパソコンでブログを読んでいた。

内容は確か、最初はなんとなくで始めた仕事だったけど、今は沢山の素敵なスタッフや同業者の女の子にも出会えて、この世界でもっともっと活躍したい、というような、お手本みたいな深夜のブログだったのだけど、その最後の方に、「ただ、堅い私の親は、絶対にこの仕事はわかってくれないと思う。親には仕事のことは言えないし、嘘をつかなきゃいけなくて、それは辛いけど、しょうがないと今は思ってる」と書いていた。

そもそも堅い親だから仕事をわかってくれないのか、柔らかい親ならわかってくれるのか、という論点はあるものの、そして柔らかい親ってなんだろうという想像が働くものの、それはわかってはくれないだろうと私も思う。下北沢のマンションの、床に置いていたシンクパッドでブログをスクロールしながら、そりゃそうだ、と合いの手を入れた。

堅いというならその親に、ＡＶ女優の経験があるわけでも、売春やスワッピングの経験があるわけでもないだろうし、それどころか単体AV女優のアジェンダなんて、大して知らないかもしれないけど。それはきっと、愛と幸福を娘に望む人間の、直感的で本能的な思いである。娘に、よく知りもしない男優にバイブやらディルドーやらつっこまれて喘《あえ》いでほしくない、スパンキングやロウソクプレイでイッてるふりしてほしくない、カメラ越しで監督に性感帯を聞かれて恥じらいながら背中♥とか言ってほしくない、そして何より、そんな行為で100万円をもらってほしくない、その100万円をシャネルやレミーマルタンや高須クリニックにつぎ込んでほしくない、というのは。

下北沢というのはそれなりに変わった街で、深夜も朝もカジュアルな私服の人が道を歩いている。私が住んでいた3階からは、茶沢通りから1本入った、かと言ってそれほど裏路地風でもない飲食店街がよく見えた。パソコンを電源から外して抱え持ち、私は窓沿いに置いていたベッドの上で、窓下の賑《にぎ》やかでもなければ寂れてもいない通りを見下ろした。プロダクションのホームページからは他のAV女優のブログにも飛べるようになっており、そうそうたる美女たちのブログを流し読みしながらちらちらと横目で見る通りは、親不孝なつもりで親不孝でない男女が行き交っているように見えた。

おそらく親たちにもすっきり言語化することはできないが、どうやら親というものからすると、娘には、たとえ溝《どぶ》さらいをしてでも身体を売ってほしくないらしい。東大なんて行かなくていいから（行ってくれたら嬉しいけど）、Ph.D. なんていらないから（そりゃあったほうがいいけど）、上場企業のエリートさんになんてならなくていいから（なれるならなってほしいけど）、そしてMITとハーバード両方出てますみたいな自分よりさらに高スペックの男と結婚なんてしなくていいから（たまたま好きになった人がそういう人なら結婚すべきだけど）、会って間もない知らない男に、10万円かそこらで白桃みたいな娘のおしりをかじられるのは嫌なの。

私はアヤちゃんの優等生AV女優っぷりをあっぱれと思う反面、そんな健気《けなげ》な親たちの思いにも何ら躊躇《ちゅうちょ》なく同意できる。愛はオカネで買うものじゃないし、幸福はオカネで買うものじゃないし、身体と尊厳はオカネなんかで売るものじゃない。なんか立証できないけど、というかする気もないけれど、多分そうなのだろうと思う。

別に劇団員でもおしゃれ美容師でもカフェ店員でも音楽やってる人でもない私が、なぜ下北沢なんていうちょっとキャラ違いの街に住んでいたか。タバコを吸うために開け放した窓から、しつこく通りを見下ろしていた当時の私には、なんとなく友達が住んでいたから、という理由以外には特に思いつかなかったが、今思い出せば、こめかみ辺りまで浸かっていた横浜の夜の街から逃げ出したかったのだった。別にホストの売り掛け飛んだとか、キャバクラの給料持ち逃げしたとかではない。ホストになんかむしろいくらか貸していたし、キャバクラの最後の月の給料は結局もらいに行かなかった。そうじゃなくて、オカネで買いすぎた愛や、オカネで買いすぎた幸福が溢れかえった6畳の部屋を、気だるく出て行きたくなったのだ。

おそらく、私がキラキラしたその部屋と街を出たくなった感覚は、娘の乳首を10万円で摘まれたくないと思う世の親たちの感覚と、深いところでつながっている。動物が、身体に毒なものを口からぺっと吐き出す、そういうものに近い。そういえば昔うちの母が溺愛していた鈴木夏子、通称なっちゃんという猫も、マタタビパウダーを食べすぎて吐いたのだった。

かといって文化系な街に一度引っ越して、スニーカーとか買ってみたところで、1週間、長くとも2週間もすれば、私はまたマタタビを食らうようになる。アヤちゃんのブログをたまたま見つけたその日も、私は小汚い万札をいくばくか、キラキラと汚れた店に支払って帰ってきたのだ。アヤちゃんというのは私よりもずっと気立てもよく、スタッフへの気遣いも一流で、年の離れた妹の写真を、携帯の待ち受け画像にしているような、乙な女の子だった。彼女にとって、親の幸せを願う気持ちも、親が自分に願う幸せをまっとうしたい気持ちも、AV業界でのし上がりたい気持ちも、純粋なものだったのではないかと私は想像する。それは、彼女や私の中で、矛盾することなくあり続ける、のではけっしてない。矛盾しまくりながら、血をだらだら流しながら、それでもどちらかがどちらかに完全に食いつくされるまで、存在し続ける。

例えば、オカネで買えない愛や幸福に、すべてが凌駕されれば、それを正しいと呼ぶのだろう。オカネでしか買えない愛や幸福に、他のものが覆い隠されれば、それを過ちと呼ぶのかもしれない。けれども、けっして単純ではない私たちは、そのどちらにも振りきれることなく、一番痛い道をいく。

私の両親は、おそらくアヤちゃんが堅いと呼ぶ親より柔らかい部類なのかもしれない。しかし勿論、母は私がオカネでしか買えない愛や、オカネで売ることでしか感じられない幸福に身を投じる時、必ず、強く正しく「あなたは間違っている」と一蹴する。アヤちゃんの親もまた、アヤちゃんの出演するアダルト映像を目の当たりにすれば、不必要なほど強く、娘の間違いを感じるのだろうか。

　私たちもまた、母親たちの感覚を一部で共有しているのである。まさか母親たちだって、少し冷静に考えてみれば、私たちが正しいと思って、間違っていないと思って、その行為を遂行したとは思わないはずだ。まさか私たちが、間違ってるって自分で思ってないとでも考えてるの？　そんなことは恐らくない。そして私もアヤちゃんも、自分の大いなる間違いと正しくなさには辟易としている。でも、果たして正しい必要なんてあるのだろうか。下北沢の通りを歩く、親不孝のつもりが親不孝ではない文化系男女たちのように生きれば、親は文句は言えどそれほどまでに心をすり減らしはしないのだろうか。或いは郵便局に勤めて同僚と結婚して下高井戸あたりに家を買えば、親は愛し方を覚えた娘、と私たちを誇りに思うのだろうか。けれど、そうではないことは、東電ＯＬまで遡《さかのぼ》らなくても、すでに時代が立証している。文化系女子も郵便局員も、恐らく私たちと同じくらいには狂っていて、私たちと同じくらいには平凡だ。

　ただ、少なくともあられもないドレス姿やあられもないヌードが露呈しているという点で、私たちは、彼ら彼女らより露骨に間違った道を選んだ。それは、きっとチョウチョがとんだくらいの必然性くらいしかなかったのかもしれないが、私たちはポーターのバッグと『星の王子さま』と本多劇場ではなく、シャネルのバッグとベンツの助手席とヴーヴ3本を手に入れた（『小悪魔ａｇｅｈａ』は休刊になっちゃったらしいけど）。その代わりに私たちには、正しい愛と幸福を、一度露骨に放棄してでも手に入れたかったものが何なのか、答えを探す義務が残る。

あとがき

最後はミスチル的に

六本木から渋谷駅行きのバスに乗り、後ろから2番目の2人がけの席に、奥につめて私は座る。右側に同じようにある2人がけの席の、奥にカバンをどかっと置いて、通路側に堂々と座っている30前後の男を、心から軽蔑する。一生うだつのあがらなそうな男。髭《ひげ》が濃くて、肌が汚くて、鈍感そうな目が眼鏡の奥で収まり悪く動く。私に、自分が彼と同じくらい汚くて同じくらいとるにたらない存在だという意識は、ない。彼が、おそらく彼の収入の3ヶ月分以上であろう100万円を払ってコンドーム付けて私を抱きたいって言ったら、多分私は彼に抱かれる。彼が3ヶ月かかって1000円くらいのグレーのTシャツに汗染みを付けて手に入れるようなものは、私は一瞬で手に入れなければ気が済まない。

そんな自意識を持て余している限り、私はきっと今まで通り、時には知らないオトコにお尻や胸を触られてでも、手に入れたいものを手に入れながら生きていくのだと思う。私たちにも、後で本当の愛とかそのたぐいのものを知った時に後悔するだろう、という意識がないわけではない。そもそももう後悔するタイミングくらいは、結構何度も訪れた。でもそこは、10年後のお肌がね、と誰に言われようと、しつこく日サロに通い続けた私たちである。温泉とかレントゲンとかね、と言われても下品な入れ墨を入れないではいられなかった私たちである。これからも、目の前にぶら下がって簡単に手に入る幸福を、わざわざ受け取らないことはしないと思う。

知らないオトコの膝に手を置いて酒を注ぐのも、知らないオトコに10万円とかで抱かれるのも、知らないオトコのアレをあああするのをカメラで撮られてそれを知らないオトコたちに鑑賞されるのも、それがどんなに苦痛なことか、そしてそれが好きな男に入れ替わるだけで、どんなに素晴らしいことに変わるか、知りたかったから。そう、本当の愛の味を知りたかったからなのです。と、言ってしまえばとても綺麗にまとまるのである。

でも実際に、知らないオトコと飲む酒にもそれなりに酔えるし、知らないオトコに抱かれてもそれなりにイケるし、知らないオトコに裸を褒められてもそれなりに嬉しい。そもそもなんだか目の前にいる知らない男たちに対して、いまいち現実味がなくて、多少の不快に蓋をすれば、数時間程度はやり過ごせる。勿論、気持ちの悪い不潔なオジサンがいたとして、そいつに「お前Mだろ」なんてささやかれて乳とか触られたとしたら、顔面笑ってても一枚剝げばメラメラと怒りが湧くのは事実だし、オカネが発生しなかったとしたら鼻血が出るまではひっぱたきたくなるし、好きな人に同じことされたらキュルンキュルンするのだし、でもそれくらいは別に生きて実践するまでもなく、生まれた時から想像できる程度のことだ。そもそも知らないオトコが、私たちにオカネ払うオトコがみんな、気持ちの悪いオヤジとも限らない。

知らないオトコにお酒を注ぐなんて本当に何でもないことで、誰にでもできて、むしろそれができないというオンナについて私は理解し難く思うのだけど、だからといって正直、私はそれをしなくちゃいけない理由も実はそんなにない。もらったオカネは全部、全然必要じゃないものに払って残ってないし、そこで得られる人生経験？人脈？　なんていうものも、別に大して欲しいものではない。それに、どんなに嫌いな人と飲んだところで、結局本当の愛の出所も確信も摑めなかった。

オトコたちはと言えば、僕が落ちぶれたら君は古い荷物を捨ててどっか行っちゃえばいいと鼻がかゆくなるほど偽善的な歌詞にカンドーして、別れ際にフッとか言いながらなんか感動的な台詞《せりふ》を吐いてみたり、でもその数秒後に結構ひどい憎まれ口も出てきたり、彼らもまたぶれぶれで、だからそんなふわっとした存在の彼らに対して、揺るぎない確固とした愛情なんて求められても困る。愛なんかより楽しいことがあるんだもん、と言いながら、結局オトコがいなきゃ人生の針路も定まらない、私たちの心がぶれるのは当然です。こんな不調和な世の中で、愛情っていうかたちのないもの、伝えるのはすごく困難らしいので、エゴとエゴのなんとかゲームを、今後も続けていきましょう。きっとそれはすごく不毛だけれども、楽しい時間となるでしょう。

きっとみんなすごく退屈で退屈でしょうがないのだ。どんなに忙しくてもその退屈が解消されるわけではない。私は月に24日とか、お堅い企業で一日12時間働いていた合間にも、オカネをもらう恋愛も、オカネを払う恋愛も、無償の愛を探す恋愛も、全部いろいろやめられなかった。

去年の誕生日（実際は誕生日は仕事で参院選がらみの会議があったので誕生日翌日だったのだけど）、普通のサラリーマンだった当時の彼氏がリッツ・カールトンの東京タワー側の部屋をとってくれて、私は彼が仕事の電話をしている間に、お風呂のアメニティを貧乏臭くあさりながら、そういえばここのホテルが出来た年に、私のおしりが好きで好きでしょうがなかったどっかの金持ちと、ここに泊まってなんかスパのトリートメントとかも予約しておいてくれて、交通費に20万円もらったな、と思い出していた。そして再び先週、そこまでお金持ちじゃないけど40代独身だからそれなりに可処分所得はある、という人と似たような部屋に泊まった。交通費は物品支給だったけれども、私も10歳近く年をとってしまったのだからそれは仕様がないと思う。

たしかにオカネやモノをくれて私を泊めたオトコたちが枕元でささやいたかわいいよ、とかっていう言葉は、私にとって心震える本当の愛、とは程遠いものだけど、だからと言って、別に現金をくれるわけじゃない彼氏が同じ枕元でくれた名もなき熱っぽい詩がまさにそうであるかというと微妙だ。でも、複雑にこんがらがった社会で、カメラの前で悩ましげなポーズをしていた過去を抱えながら、女が生きていくのはそれなりに体力がいるので、私たちはその名もなき熱っぽい詩を、時々どうしても、少なくとも交通費の20万円よりも、欲しくなるのもまた事実だ。だからそれをぼやっとしたまま愛とか呼ぶのであれば、それは脆い上に期待はずれにつまらないものだけど、それがなければ生きていけないかもな、とも思う。

ちなみにその彼氏とは、満島ひかりの出てたドラマを一緒に見ていたら専業主婦のメンタリティについての意見の不一致が発覚して、それからなんとなく気持ちが冷めて年が明ける前に別れた。

文庫版のためのあとがき

どこにでもいる普通の男の子が、ある日蜘蛛《くも》に嚙まれたり刑務所の中で空手の師匠に出会ったりして誰もが認める唯一無二のヒーローになるのが少年漫画だとしたら、どこにでもいる普通の女の子が、ある日どこかの誰かにとってだけ唯一無二の存在になるのが少女漫画である。オンナって結構安い存在だな、と思う。オトコが一人いれば、その人との閉じられた世界の中で、物語と幸福が完結してしまうのだから。

ただし、おそらくそこに登場する彼女たちも、描かれる高校生活からせいぜい長くて2、3年その幸福を嚙み締めた後、もっと荒唐無稽な20代を経験することになる。根幹にはその「あなたさえ私を必要としてくれれば他には何もいらないの」的な感覚を持ちながら、でもそれは2、3年でとける魔法であるという記憶を元に、やっぱりオトコより自分磨きでしょ的な開き直りで仕事や美容や習い事に励み、どんな幸福も指の隙間から逃げていってしまうの的な絶望でクラブ遊びや深酒や無駄なセックスを繰り返す。そして、オトコ1人に選ばれる以外にオンリーワンになる方法はあるのか、否、ない、ううん、きっとある、と自問自答を繰り返し、やっぱりあなたの胸の中が一番落ち着くとか言って絶頂を迎えた次の月には、オトコなんて本当にいらないなんて言って女友達の家に転がり込み、女同士サイコーとか言って飲みに行った次の朝は漠然とした虚しさに泣いて、思考もファッションもくるくるまわってでんでんでんぐり返ってバイバイバイ。

私は、閉じられた2人の世界の甘酸っぱい幸福に酔いしれる高校2年生の物語も好きだけれど、そこから強制的に卒業させられて彷徨《さまよ》える女の子たちの細かい物語が好きだ。幸福で完結する物語自体が人生なのではなく、その物語を百も繰り返す過程とつなぎ目こそオンナの人生だと思う。オトコなんて大きな富と名誉と幸福に向かってせーので始まってダッシュで生きている古臭い存在だけど、オンナは最初っからわかっている一番の幸福をとりあえず高校2年生の写真に貼り付けて、その後の紆余曲折を生きる。

紆余曲折なんて大抵は陳腐なものである。過食嘔吐してみたり、ギャンブルにハマってみたり、整形したりホストに通ったり身体を売ったりブランド品を買い漁《あさ》ったり。安い存在だけど、私はその姿が愛《いと》おしい。つまらない依存も発散も、百回繰り返したらいいと思う。

この本の元になったウェブ連載を書き終えてからもう2年以上たった。書いていた頃は会社員だったし、たしかちょうど前のカレシと別れてマコ姉さんたちと夜遊びばかりしていた。夜の街にいる荒唐無稽な若さを生きる女の子たちが魅力的で、自分自身はその若さから半分足を洗う時期にいることが寂しくて、その半分失ってしまったものを保存する意味でも、彼女たちの空気感を書き留めたかった。それからも私自身にはたくさんの変化があった。5年半勤めた会社を辞め、西麻布から新宿に引っ越し、オトコと別れてまたくっつき、母が死に、33歳になった。おそらく、2年前に半分なくしかけていたものはさらに増えて半分以上なくなってしまったけれど、それでもくだらない依存と発散を百回繰り返す紆余曲折は大して変わらない。

私や私の周囲が20代だった頃を振り返ると、恥ずかしいことも悪いことも随分したような気がするけど、こうやって1冊の本にしてみると、今よりずっと不安なわりに今よりずっと怖いもの知らずだった時間が、やっぱり少し名残惜しいな、と改めて感じる。今見える景色もまた10年後には失ってしまうものも多いだろうから、またなるべく近いうちに書き留めておきたいことがたくさんあるな、とも思う。
遅筆な私に最後まで付き合って下さった幻冬舎の小木田順子さんに感謝致します。

鈴木涼美

２０１６年10月

解説

島田雅彦

私は鈴木涼美のお父さんの友達で、彼女を本名で呼ぶことに慣れている。彼女に初めて会った日のことをよく覚えている。彼女が七歳くらいの頃だろうか、鎌倉の洋館に暮らすファミリーを訪ねた折りだった。ぽっちゃりとした体型の彼女が私の前に歩み出ると、やにわに「あたし、側転できるんだよ」と宣言した。子どもは突拍子もない生き物である。私が面白がって、「見せてごらん」というと、その場で床に手をつき、体を回転させた。着地が少し流れたので、「もう一回」と促し、都合四回ほど試技をさせた。ああ、この子は真面目で、自己顕示欲も強く、しかもサービス精神が旺盛だなと感心したのだった。

その後、彼女が大学院生になってから、お父さんと我が家を訪れたことがあった。たまたま山田詠美も招待していたのだが、彼女は大感激して、愛読者であることを本人に打ち明けるというようなこともあった。

あの子がこうなったのか。

韻を踏んでいるのか、駄洒落なのか、人を食ったペンネームで彼女が『AV女優の社会学』を世に問うた時、私が抱いた感慨はこうだった。宮台真司以来、社会学者の華麗なる登場にはエロが必須アイテムになっているというわけでもないが、パンツを売る女子高生の行動分析から体を売る女子の心理分析へと踏み込んだこの論考は文字通り、体を張ったレポートだった。しかも東大の修士論文というから、才色兼備の社会学者の登場を世間が放っておくはずがなかった。

それから二年ほど経過し、彼女が実際にAVに出演していた事実を例の「文春」がすっぱ抜いた時、再度、「あの子はここまでやっていたか」と驚嘆した。社会学者デビューする前から二皮くらい余計にむけていたわけである。早速、「事実確認」のために出演作をチェックしたが、紛れもなく、側転を披露してくれたあの子があられもない姿態をさらけ出していた。高学歴女子のAVデビューは当該業界でも「売り」になるが、それ以上に日本経済新聞社の記者にして、社会学者の女性が単体女優として活躍していたことから、往年の「東電ＯＬ」を連想するくらいの衝撃があった。ＡＶ女優の質的向上が著しい昨今、単体出演はひとつの誉《ほま》れであるが、その体験が論文に昇華されたのだから、これは快挙である。この論文が出た後に、ＡＶ業界の人身売買的本質が問題視され、女優たちのユニオンが作られるようになったが、内幕の暴露の端緒になったことは確かである。

文学、社会学、経済に共通しているのは下世話な欲得であることは間違いない。カネとセックスに関する研究はそれ自体がエンターテイメントたりうるし、「何処まで経験したか」を競う中二の少年少女の残滓《ざんし》は誰にでもあるので、「退廃は何処まで進んだか」を確認したくてしょうがないのである。

カネで買えないものはないという前提で動くのが資本主義であり、またそれは最も成功した世界宗教であるから、誰もがその大原則に従って行動しているのだが、それがさもしいことだという罪悪感もある。そこであこぎな資本主義を補完するために道徳が必要になってくる。資本主義と道徳の矛盾は、あらゆるものを売れるか、売れないかで判断しているくせに、「プライスレス」なものを求めたりするところに現れる。

しかし、「プライスレス」なものの価値を値踏みし、やがてはそれを商品化しようとするくらい資本主義は強欲である。

長らく「純愛」「純潔」は「プライスレス」の最たるものとして珍重されて来た。日本では元々、「処女」に純潔のニュアンスはなく、単に実家にいる女のことを差しているに過ぎなかったが、維新後、表面的に婦女子の純潔を重んじる方針を強化して以来、「道徳」で女性たちを縛って来た。

女性の権利獲得のための戦いも同時に始まったが、その歴史の痕跡は文学に刻まれている。いまだに高校の教科書には漱石の『こころ』が掲載されていて、道徳教育への誘導がなされているし、自身の恋愛遍歴を赤裸々に書けば、「色物」扱いされるという前例はたくさんあった。瀬戸内寂聴先生も『花芯』を発表した時にそういう扱いを受けたし、鈴木涼美が敬愛する山田詠美もデビュー当時、「イエローキャブ」の典型と見做《みな》され、保守オヤジたちの顰蹙《ひんしゆく》を買っていた。戦前回帰を志向する極右のアナクロは女性の社会進出を面白く思っておらず、女性天皇なんてもってのほか、良妻賢母の枠に女性をはめようとし、「嫌な女」の撲滅運動を粘り強く展開するつもりでいるが、極右に与《くみ》する女の方がよっぽど薄気味悪く、「嫌な女」に見える。

いくら道徳を声高に叫んだところで、一度解放されてしまった女性を再び縛ることはできない。いいものを持っているなら、それを使った方がいいに決まっているし、綺麗になりたいのは誰のためでもない。たった一人の男に尽くすなんて、そんな薄情なことはしたくない。自業自得と他人に言われるまでもなく、安売りの報いは受けている。そんな風に悟ってしまった女たちを逆恨みしたところで、自分がハッピーになれるわけでもない。

道徳を声高に叫ぶのも一種の補償行為に違いない。極右が戦後レジームを嫌うのは占領の屈辱を忘れたいからであるし、他人の不倫や浮気を糾弾する「良識ある市民」も劣悪な生活環境からの逃避願望やチャラチャラ、キラキラしている人々への怨嗟《えんさ》を抱えているだろう。そもそも、完璧な敗北を喫した日本人は焼跡で「女は全員強姦され、男は全員去勢される」恐怖から再出発しているのである。生活苦から逃れるだけでなく、ある女は計算ずくで、ある女は刹那的な快楽を求め、ある女は復讐のつもりで体を売ったのである。むろん、彼女たちに社会は冷淡だった。彼女たちを差別しなければ、自分たちのプライドを保てなかったし、過酷な生活に耐えられなかったからである。

時代ごとに別の風俗を伴って現れる「ビッチ」たちに保守オヤジたちはカネを払ってでも説教したがるが、その実、やることはやるし、できれば、希少価値の高い清純派にお相手してもらいたいと思っている。それが「上から目線」の本音である。

『身体《からだ》を売ったらサヨウナラ』は鈴木涼美の男性遍歴の報告書だが、彼女の身体を通り過ぎていった男たちはどれも「いるいる」と思わず言いたくなるほどの「ヘタレ」ばかりである。自分の愚行を私小説のネタにする男はまだ誠実で、大抵の男は犬も食わない男のメンツにこだわり、自慢話に終始する。そんな連中の裸の肖像を彼女は描き出しながら、その歪んだ鏡に映る自分をも冷徹に認識している。Ｆカップの乳だけでなく、独特の口語調の文体という武器を兼ね備えたこの希代《きたい》の「ビッチ」は、ホストクラブでむしり取られたり、リベンジポルノされたりという報いを受けながら、確実に魔術を身につけ、「ウイッチ（まじょ）」に進化しつつある。

幸い私はお父さんの友達ゆえ、このヘタレのカタログで醜態を晒されなくて済んだので、やや「上から目線」を保ちつつ、こんな期待を口にしたくなる。

君は小津安二郎のファミリーロマンスに登場する娘みたいに、鎌倉の良家の娘なんだから、その教養と性格の良さを最大限生かして、これからも男たちから利得を引き出しなさい。カネも知性もない男を雨にそぼ濡れる子犬みたいに拾ってきてしまうだろうが、男の教育を熱心にやれば、自分の格も上がる。男が君を幸福にしてくれることはたぶんないだろうが、女が味わう不幸のグルメになることはできる。誰よりも不幸を味わった者には霊力が身に付くので、それを生かして、いい男の原石を掘り当て、育てて上げなさい。たまにはＶＩＰとも付き合って、不正を内部告発したりして、社会貢献もしなさい。金持ちと結婚するに越したことはないが、お受験や自分のブランドの立ち上げなどで満足してはならない。セレブになるのはいいが、峰不二子みたいなセレビッチでなければならない。それから君は自身の体験談をエッセーで書き散らすより、体験をさらに昇華させ、小説を書いた方が持ち前の批評精神を発揮するには好都合である。

――作家

この作品は二〇一四年十一月小社より刊行されたものです。

身体《からだ》を売《う》ったらサヨウナラ

夜《よる》のオネエサンの愛《あい》と幸福論《こうふくろん》

鈴木涼美《すずきすずみ》

平成28年12月10日　初版発行

発行人――石原正康
編集人――袖山満一子
発行所――株式会社幻冬舎
〒151-0051東京都渋谷区千駄ヶ谷4-9-7
電話　03(5411)6222(営業)
　　　03(5411)6211(編集)
振替00120-8-767643
印刷・製本―中央精版印刷株式会社
装丁者――高橋雅之

幻冬舎文庫

ISBN978-4-344-42551-4　C0195　す-16-1

幻冬舎ホームページアドレス　http://www.gentosha.co.jp/
この本に関するご意見・ご感想をメールでお寄せいただく場合は、
comment@gentosha.co.jpまで。